AF144119

Анри Мороз

Налегке

KUST PRESS
2025

«Налегке» — история о русском профессионале, вынужденном покинуть развязавшую войну родину. Эмигрантская тоска и поиски нового места в мире приводят его из Европы в опасные джунгли Южной Америки. Здесь разгораются интриги, борьба за выживание и поиски смысла жизни. Это повесть о выборе, самопознании и цене человеческой жизни на фоне приключений, шантажа и золота. Захватывающий рассказ о свободе, вере и поиске себя.

ISBN 978-3689-5936-0-5

Повесть Анри Мороз — книга о глобальных русских. О людях, которых драма третьего десятилетия третьего тысячелетия побудила покинуть любимые и обжитые гнезда на родине. Многих — оставить там родителей, друзей и часть души. И искать применение своим знаниям, умениям, уму и чувствам за ее пределами. Еще недавно посещение огромного мира вне страны, которую они так наивно считали своей, было для них делом прихоти. Теперь жизнь там и поиск там себя стали неизбежностью.

Главный герой повести — профессионал высокого класса, мастер обеспечения безопасности компаний от рисков рынка, мошенничества, рэкета, промышленного шпионажа, рейдерских захватов, недружественных поглощений и просто набегов бандитов и коррумпированных силовиков.

Тоскуя по родителям, семье и детям, оставленным в России, переставшей быть ему домом, он ищет себе применение в Европе. И с горечью чувствует, что новые эмигранты — люди, открытые миру, — ему не больно-то и нужны. И только поневоле оставленная родина, как бы отгородившаяся от развитого мира, сохраняет интерес к своим сбежавшим детям. И к нашему герою. Она тянет к нему не только ветви родных берез и осин, но и щупальца спецслужб, давно сросшихся с мировым криминальным бизнесом.

Сначала путь эмигранта приводит героя в Европу, а потом собственная неосторожность, склонность к авантюрам и желание заработать — в далекую южноамериканскую страну, где российские силовики, давно ставшие дельцами, проворачивают грязные сделки. С этого момента повесть о непростой судьбе русского эмигранта в Европе превращается в приключенческую мужскую экшен-стори. Здесь есть все. Шантаж и интриги, мачете и автоматы, незаконные золотые рудники и секретные базы, укрытые в джунглях, пантеры и анаконды, чекисты и дипломаты, ром и виски, американские *специалисты* и российские мафиози, бриллианты и золото, золото, золото... За которые губят, грабят, убивают и умирают.

Наш герой пройдет путь взросления и самопознания. Разберется в том, что ему дорого и сколько стоит жизнь. Собственная и незнакомых ему людей. Попробует вернуть жену и детей. Которых мы не видим, но порой слышим и чувствуем: быть может, они единственное, что держит его на этом свете. Ну а еще злость, вера в себя, цинизм, мужская дружба и надежда поймать удачу.

Посвящается
моей семье,
моему учителю
и моему проводнику.

Балкон

Мы думали, не может хуже быть,
Когда нельзя ни петь, ни веселиться,
Когда Фемида нам разносит лица,
Продажная, ей лишь бы всех успеть...
Мы думали, весна так холодна
И так ленивы и несмелы птицы,
Которым мы построили дома,
В которых бы они могли гнездиться.
Но нет весны, ни птиц, ни торжества,
Победы нет над палачами края,
В котором мы построили дома
И вывели своих птенцов, играя...

1

Я проснулся ночью. От чувства, что проваливаюсь во тьму. Тьму, которая меня сожрет, всосет в жуткое чрево небытия. Такая черная и липкая... и манящая. Я закричал и ухватился за единственный блик света, переливающийся на пленке ее поверхности. Но тьма была сильнее. Где-то в ней слышались крики, стрельба, глухие звуки взрывов... И эта живая тьма засасывала меня все глубже.

Я с криком рванулся, пытаясь из последних сил дотянуться до поверхности. Но тьма заполнила мои легкие. И я задохнулся. Потом — всего меня. И я исчез.

От удара я открыл глаза, лежа на холодном кафельном полу.

В окно пристально смотрела луна. Ночь была тиха и темна. Я поднялся и сел на кровать. Майка была мокра от пота, несмотря на холод моей бетонной коробки. Спать совсем не хотелось. Я встал и на ощупь побрел на балкон. Мне повезло: в моей маленькой эмигрантской квартирке был балкон.

Я маялся в ней третий месяц. Третий месяц. С тех пор как вышел в дверь. Поцеловав жену и детей. И пообещав вернуться через неделю-другую.

Балкон — любимое место. Не только потому, что в турецкой квартире безумно холодно, несмотря на плюс 17 на улице. Но и потому, что, когда прошли первые два месяца, именно там, на балконе, мне стало ясно, что я уже не вернусь. Это поняли и те немногие, кому я звонил, коротая вечера.

Тогда еженедельное радостное общение сменилось вежливым терпением. Потом пошли ссылки на дела и обещания перезвонить. Но перезвоны становились все реже. Пока не осталась только семья. Из прошлой жизни, наполненной огромным количеством встреч, звонков, нужных и не очень разговоров, кто-то медленно стер всех этих людей, которых я звал друзьями и товарищами. Тишина поселилась в моем холодном и плохо освещенном апартаменте. Даже дети и любимая звонили реже. Сперва это было странно. Потом стало страшно и тоскливо. А потом остался только балкон.

Здесь я ел, работал, читал, слушал новости и смотрел... Часами смотрел на медленное вращение жерновов мельницы времени. Которая на моих глазах перемалывала все, о чем я мечтал, на что надеялся и чего ждал. Смотрел на мельницу, медленно перемалывающую мою жизнь.

Я закурил и вдохнул ночь. Сквозь едкий запах горелого веника от плохих турецких сигарет пахло пряной влажной листвой и цветами. Ночь загадочно серебрилась луной, и летучие мыши пронзительно, на грани слуха, попискивая, рассекали ее свет в странном танце.

Восемь месяцев войны и тихого ужаса, жутких новостей от обеих сторон конфликта. Новости и тех и других были каждый раз по-своему ужасны.

2

Мир, который я знал, оказался картонным домиком. Иногда он был несправедлив, иногда щедр, наполнен ментовским произволом и друзьями в погонах, постоянными финансовыми проблемами и редкими премиями, но при этом мне и моей большой семье хватало. И вдруг однажды выяснилось, что я никогда не был в подвале. А он оказался огромным, гораздо больше, чем мой красивый картонный дом. И внезапно из подвала вылезли монстры и стали жрать все, что было так дорого мне и моей семье. Как в нескончаемом кошмарном сне. Из которого невозможно вынырнуть по своей воле.

Оказалось, я совсем не знал своей страны и людей меня окружавших.

Я много ездил. Дальний Восток и Сибирь, Урал и Северо-Запад — частые направления моих командировок. Заводы, принадлежавшие компании, где я работал, разбросаны по огромной российской карте.

Я любил людей, которые жили и трудились там, в дальних уголках моей родины. Они были как бы честнее и проще московских и питерских коллег. Без второго дна — простые и радушные. Даже их матерок был совсем не груб и воспринимался как часть местной культуры.

А потом случилась война. И когда до меня дошло, что, даже если пропагандисты и врут, как минимум половина страны или поддерживает этот кошмар, или не замечает его, я понял, что совсем не знал и не чувствовал ее душу.

Мои родственники жили в Украине. В первые же дни российская армия, бомбя аэродром в Чернобаевке, стерла с лица земли их дом. Благо старики уехали на выходные к детям в Херсон.

А потом пришла очередь Херсона. И родня, собрав все, что можно втиснуть в одну машину, и сидя друг у друга на коленях, уехала под Львов. С надеждой вернуться. Но, как и у многих, их ожидания не сбылись. Сперва волна войны прокатилась по Херсону и ринулась дальше, вглубь территории. Потом откатилась. Но ровно настолько, чтобы город стал одним из очагов пожара войны. Войны братьев и сестер, отцов и детей. Гражданской войны для всех рожденных в СССР.

Родственники писали в мессенджеры и кричали в трубку: что вы делаете? почему не прекратите весь этот кошмар? почему не выходите на улицы? Моя семья пыталась выражать сожаление и отправлять им деньги. Деньги не доходили. Родственники и знакомые из Украины звонили все реже. А вопросы в мессенджере: «Как дела? Как вы?» — все чаще оставались без ответа...

Я хотел что-то сделать. Выйти на площадь с плакатом, поучаствовать в митинге. Жена и мать плакали и держали за руки. Отец молча пересылал новости о том, кого посадили, списки тех, кого сделали иноагентами. Понимая, что за мной семья и дети и что я трус, я начал пить. Сначала иногда. Потом каждый день. Прекратил ходить в спортзал, встречаться по пятницам с коллегами и знакомыми. Днем превращался в робота, дежурно выполняющего свою работу. Ночью, выпив очередные сто фронтовых грамм и послушав новости с фронтов, тихо выл на балконе. Глядя в безучастную, шумную, грязную московскую ночь, похожую на пьяную продажную девку. Множество более смелых людей сидели в следственных изоляторах или уезжали в далекое никуда. Их позиция была честна и пряма.

Ночь приятно холодила и успокаивала. В ней не было могильного холода, как в апартаменте — когда-то летнем турецком домике, а теперь — недешевом месте круглогодичного проживания эмигрантов новой волны.

3

Я решил продлить мысленный разговор с самим собой и подольше посидеть на балконе. Но при попытке занять пластиковый стул был остановлен возмущенным мяуканьем. От неожиданности я подскочил и обнаружил парочку котов, расположившихся на кресле.

Клёпа, мой прикормленный кот, кого-то припер на свидание. На балкон, как в ресторан. К своей миске. Но потом, видимо, котики решили вечер продолжить. Клёпа смотрел возмущенно, его дама явно пыталась слинять. Я улыбнулся и, чтобы замять неловкость, подсыпал корма в пустую миску. Это сработало: прощение было получено. Парочка освободила стул и деловито отправилась на ночной ланч. Заняв теплое кресло, я задумался.

К слову, подумать было о чем. Тянуть удаленку и дежурно объяснять руководству, почему я не могу появиться очно, долго не получится.

Финансовые запасы почти иссякли. Меня и так снаряжали в дорогу всем миром. Отец с матерью подкупили валюту и сунули конверт, как я ни отбивался. Жена отдала заначку, давно собираемую на какие-то маленькие женские радости. Я был тронут. Отказывался. Но сейчас, вспоминая все это, отчетливо понимал: эти маленькие сбережения несколько раз меня спасали, пока я не обзавелся заграничным счетом.

Что дальше? Ощущение полной ненужности в новом мире оказалось жестче, чем все, что было в мире старом. С моей профессией и навыками по резюме с «улицы» не возьмут, да еще и с таким токсичным паспортом. Укорять себя за то, что не стал айтишником, смешным парнем, в растянутом свитере и в очках, устанавливающим какие-то программы и воспринимавшимся на старой работе не более серьезно, чем ксерокс, было поздно. Сегодня эти ребята, свободные и перспективные, что-то вроде золотой молодежи. А ты — не инженер, не сантехник, не электрик или не водитель грузовика — на хер никому не нужен. Как в той песне: я еврейский парикмахер, никому не нужен на хер... Впереди — туман, позади — жуть.

Спасла, как ни странно, привычка ходить пешком и заниматься спортом. Я начал ежедневные походы, наматывая все больше и больше километров. Ходил мимо закрытых на зиму гостиниц, пустых базаров, полей и дорог. Вначале — с наушниками, вполне себе по-московски. Иногда заставлял себя бегать, чтобы окончательно не разжиреть.

В один прекрасный день я забыл зарядить наушники. И обнаружил это только на прогулке. Неприятность обернулась открытием. Открытием нового мира, где я уже находился, но внутренне так его и не принял. Я шел по давно проложенному маршруту, но путь был наполнен не переживаниями и новостями из «Ютуба», а звуками, ароматами и новыми впечатлениями. Я шел и здоровался с бабушкой, пасшей коз, со слесарями на заправке, с людьми в маленьких семейных лавочках. Смотрел на чистое небо и пыльные обочины дорог, разглядывал окружающие растения и далекие корабли в море, пытаясь впитать солнце и прочувствовать новый мир.

4

Наверное, с этого дня я начал приходить в себя. Потом на пустынных пляжах стал делать упражнения из филиппинской боевой системы, которую изучал последние годы в Москве и даже практиковал как инструктор. Вначале стеснительно оглядываясь по сторонам, а потом слившись с дыханием моря и порывами ветра, повторял одно движение за другим, закрыв глаза и став частью пейзажа.

Балкон баюкал, но идти спать не хотелось. Хотелось продлить странное странствование между прошлым и завтра. Что пришло на ум и тронуло теплом — так это случайная встреча с украинской семьей. Приятное воспоминание. Я был в магазине, когда услышал на кассе русский говор. Какая-то женщина пыталась рассчитаться не лирами или картой, а наличными долларами. Здесь это было обычное дело, и многие релоканты из Украины, России, Белоруссии, оказавшись вынужденно в Турции, долго не могли открыть банковские счета. И многие жили наличными, проводя *турецкий период* между «Золотой Короной», куда им кто-то отправлял деньги на поддержание существования, и огромным количеством лавок, магазинов и прочих заведений, высасывающих их досуха. Поэтому, как человек сам хлебнувший местных особенностей, я рванул к кассе и спросил, чем помочь. Лишь там я понял, что говорок был украинский. Следом за мной подошел и спутник дамы, у которой были проблемы. Отступать было некуда, и я начал на помойной смеси турко-английских слов пытаться объяснить, что хочет женщина. А хотела она сдачу в той же валюте, а не в лирах. Турок был непреклонен. Он уже прикинул свой смешной гешефт от неправедного обмена долларов на лиры.

— Аня, — сказал спутник усталым голосом, — успокойся. Дети ждут, а мы в гостях.

Она вздохнула, но спор прекратила. А мне слегка удалось поднять курс. Мы вышли из магазина втроем. Я стал рассказывать, где лучше поменять деньги, где дешевле сделать покупки...

— Ты откуда? — спросил мужчина.

— Из России, — ответил я, но тут же добавил: — Но родня из Херсона.

И покраснел.

— Я осуждаю войну, мне самому как серпом по яйцам все то, что творится...

— Успокойся, — сказал спутник Ани. — Мы все в одной лодке. Вернее, в жопе. Береги себя.

Он развернулся, взял пакеты в одну руку, в другую — руку спутницы, и они медленно побрели под отблесками догорающего заката к своим детям. Я постоял, глядя им вслед, потом зашел в магазин и купил банку пива. Сел у входа, закурил и задумался. О том, что, несмотря на отмену русских и на всю жесть, что происходит вокруг, мы, люди из странного советского прошлого, остаемся людьми. Людьми, которые готовы понимать, помогать и прощать.

Рубеж

Смех не может нам лица сделать добрей,
Ни мое, ни моих лучших друзей,
Ни поэтов, ни бардов, ранящих слух, —
Говорят, луч надежды давно здесь потух.
Это ложь, и мы слепо верим в Звезду,
И губу закусив, каждый шепчет: дойду...

1

Когда верховный главнокомандующий объявил, что родине нужны бойцы, стало не то чтобы страшно, просто на голову упало небо. И, разбившись, разнесло осколками всю жизнь.

И до этого было ясно, что надо или уезжать, или молчать, или стать частью нового шизофренического пейзажа. Но мобилизация все эти сомнения, рефлексию, сопли, все то, чем занималось думающее и чувствующее население России, выбила прочь. Одним мощным шлепком по морде.

Мне позвонил отец после выступления президента.

— Как ты, сынок?

— Бодрюсь, отец, — ответил я. — Я уже, наверное, старый. Да и трое детей. Наверное, пронесет. Ну есть дача и погреб, на худой конец... — попробовал я отшутиться.

— Ты свой «худой конец» с женой будешь обсуждать, — строго сказал отец. — Раз не уехал до этого — чтоб завтра тебя в Москве не было. Мы с матерью собрали, что было, — можешь на эту сумму рассчитывать. Уедешь — посмотрим что и как, о детях позаботимся. Если припрет, продадим что-нибудь. Но тебя завтра к вечеру быть не должно в столице.

И повесил трубку. Я сидел молча и, ощущая комок в горле, смотрел в окно. Отец, старый военный, всю жизнь отпахавший на государство, был гораздо жестче и реаличней, чем я, пытавшийся учить родителей жизни. Они меня неоднократно бесили своим советским взглядом на прекрасный мир России, в котором мы все варились. Я редко был с ними согласен. Мой неюный возраст и профессиональные успехи, заслуженно или нет, но вселяли чувство уверенности в своей правоте. И вот, в трех фразах отец сказал то, в чем я так боялся признаться самому себе. Надо валить.

Когда приходит медведь, жизнь в деревне начинает бежать быстрее. Мне как-то сказали эту странную дальневосточную шутку. То есть это только тогда она казалась странной.

Сбор мыслей в пучок занял одну сигарету. Набрав номер старого приятеля, я спросил, что он собирается со всем этим счастьем делать? Тот ответил, что он старый солдат и ему за пятьдесят. Поэтому бояться поздно, сомневаться некогда — пора спасать детей. Завтра утром он планирует отправить их на машине в сторону Верхнего Ларса. Где они будут пробовать перейти границу. Неожиданно для себя я спросил, есть ли место в машине?

— Ты же не спросил, куда они окончательно едут, — резонно сказал голос в трубке.

— А мне, похоже, по пути, — ответил я.

Но утром оказалось, что мест в машине нет. Взрослые спасали безусых и бородатых сыновей. Матери плакали. Жены пытались уехать с мужьями. Жизнь трещала по швам. Никто не был готов. Это напоминало смесь гибели «Титаника» и бегства от «Ходячих мертвецов». То есть неизбежность происходящего и полный жуткий сюрреализм.

Накоплений, билетов, «домашних заготовок», «тревожных чемоданчиков» ни у кого не было. Бежали обреченно, с запасом на пару месяцев или вовсе без запасов. У многих не было шенгенских виз. Иные пару раз бывали в Турции. Некоторые за границу не ездили вовсе.

Это было бегство. Исход в никуда.

Места в машине мне не хватило. А на то, где сидел грустный бледный паренек немногим старше моего сына, я претендовать не мог. И стал я искать билеты. Хоть куда. С любыми стыковками. Судя по ценам, в прекрасное хоть куда собралось полстраны. Но дорогу осилит идущий, и я взял билет до Турции. Эконом в один конец. По цене бизнес-класса. Прямо окаянные дни.

Что было в Домодедове? Не хочу вспоминать.

Обычно на протяжении всех этапов международного вылета от регистрации до проверки документов шумит веселая волна людей в предвкушении приятных событий. Сейчас все молчало.

Гнетущую тишину прерывало только шарканье чемоданов по полу и плач усталых детей.

Мрачные представители власти исподлобья смотрели на уезжающих, время от времени роняя язвительные фразы. Многих мужчин люди в форме уводили. И их спутницы с бледными тревожными лицами тихо стояли, растерянно глядя им вслед.

2

Мне повезло. Наверное, я для них был староват. Когда на негнущихся ногах я вышел в зону дьютифри, по спине струился пот. Внутри было пусто и противно.

Как легко из свободных людей сделать загнанных забитых животных. Казалось, я предал всех, кто не смог пересечь эмиграционную черту. Которая для многих из нас стала точкой невозврата.

Время раздумий вперемежку с алкоголем всегда течет быстрее, чем обычно. Бутылка виски в пластике из-под «Пепси» помогла скоротать ожидание и перелет. Часть мест в самолете была пуста. Хотя, судя по сайту авиакомпании, весь борт был распродан. Ну вот и первые потери среди российского гражданского населения...

Я задремал и проснулся только от мягкого толчка, когда шасси вновь встретились с землей. Контроль... Багаж... Зал прилета... Стоянка такси... Я зажмурился от света и восторга. Встающее солнце мягко золотило верхушки пальм. Пели птицы. Было тепло вокруг и пусто внутри. Я закурил. На моих глазах начинал писать свой рассказ новый день. А я — новую главу своей жизни.

3

Я привык, что в Москве люди часто не только не знают соседей по подъезду, но и не здороваются с ними в лифте. Впечатление, что жизнь меняется прямо на глазах, впервые возникло от общения с носителями русского языка при встречах в кафе и магазинах, в обсуждениях вопросов выживания в многочисленных интернет-сообществах.

В эти первые дни в новом мире они стали для меня практически ангелами, что сошли с небес и помогли. Кто-то уже сколько-то жил в Турции, другие оказались очень проницательными и дотошными: читали законы, обсуждали нюансы, находили варианты, делились ими. Турция, которая обычно всех обнимала, кормила, поила и баюкала в своих пятизвездных объятиях, оказалась суровой страной, где почти все пытались с тебя содрать последнюю рубаху. Пришла на ум старая поговорка: не надо путать туризм с эмиграцией. Я слышал ее раньше, но ее жесткий, а иногда и жестокий смысл начал доходить только сейчас.

Представители туркомпаний, помогайки по части открытия счетов и аренды квартир, юристы и прочие аферисты кружили вокруг релокантов, как стая пираний. При этом простые люди — турки, работающие мастерами в маленьких автосервисах, обслугой в крошечных забегаловках, оказались добрыми и приветливыми людьми, готовыми помочь. Правительство делало все, чтобы приехавшие вкладывали деньги в аренду и покупку недвижимости, оставляли их на счетах в банках, тратили на кучу справок, доверенностей и помощников. А потом почти всех кинуло. Кого-то — с первичной подачей на ВНЖ, кого-то — с продлением. Касалось это и русских, и украинцев.

Особенно тяжело было видеть семьи с маленькими детьми, что сняли на год апартаменты, завели быт, месяцами ожидали эмиграционного решения, а потом их ставили перед фактом. Фактом, что у них отказ в ВНЖ и надо выехать из страны за десять дней.

Жены плакали, дети держались за штаны и юбки родителей, недоуменно спрашивая, зачем уезжать. Мужчины ходили по арендодателям и просили или требовали вернуть деньги. Всегда с отрицательным результатом. Следом они возвращались к семьям и, опустив плечи, собирали что могли. А потом, бросая остальное, — так как продать что-то было нереально, — тихо уходили вдаль.

Множество людей с одинаковыми проблемами и одинаковыми судьбами. Выброшенные на помойку жизни. Ненужные ни дома, ни здесь.

А потом позвонила жена и сказала, что принесли повестку.

— Поздравляю, — сказала она, — я долгими одинокими ночами думала, что своими руками и руками твоих родителей разрушила свой брак. До сегодняшнего дня. А сегодня целая делегация принесла тебе повестку. Поздравляю, ты второй раз родился. Много не пей.

И повесила трубку.

4

Я сидел на шатком пластиковом табурете и вспоминал. Вспоминал, как несколько раз хотел вернуться.

Как долгими одинокими ночами, когда накрывала тоска и безысходность, орал в ночь, зажав рот подушкой, бесцельно кружил по квартире, безостановочно курил и засыпал к утру. Несколько раз почти купил билет. Ведь повестки-то не-е-ет! И наверняка уже не будет. И уехать, бросив жену с тремя детьми, — малодушие...

И вот — повестка. Мрачная фигура с капюшоном на голове и с косой в руках позвонила в дверь, но меня не застала. Возвращаться теперь точно некуда. А нужно сделать доверенность на жену для распоряжения совместным имуществом.

После недели попыток записаться в консульство на заверение генеральной доверенности и детального изучения всевозможных чатов я понял, что без чужой помощи ничего не сделаю. Пришлось беспокоить тех, кого я еще недавно звал «друзьями и приятелями в погонах». По крайней мере, тех, кто взял трубку. Наконец, меня вывели на како-го-то «звездного» человека с «офисом неда-леко от „Детского мира"».

Противно? Противно. Но других вари-антов не было. Разговор по Вотсапу был ко-роткий. Мы представились. Он назвался Иваном Ивановичем. Назвался так, что бы-ло понятно: на его этаже одни Ивановичи и служат.

— Производственник? — спросил Ива-нович зачем-то.

— Производственник. В части организа-ции и контроля бизнес-процессов, — ответил я. — Но в основном специалист по рискам: анализ текущих и будущих рисков, опера-тивное реагирование на возникающие...

— Не служили в органах?

— Нет. Не служил. Образование тоже гражданское.

Градус интереса ко мне у собеседника, похоже, понизился. Но он обещал помочь.

— С Вами свяжутся.

И действительно, через неделю позво-нил какой-то исполнитель, помог дистанционно выправить доверенность, записал на прием, провел за руку от и до.

Документ, сверкая синей печатью, полетел к слегка оттаявшей жене. Я погрузился в работу и поиск места в Европе, где можно рассчитывать на ВНЖ без экстремальных расходов. В Турции я полностью разочаровался. И тут весьма неожиданно меня пригласил на разговор мой знакомый Иван Иванович.

5

Привет, — сказал он. — Ты всем доволен?

И, получив утвердительный ответ, продолжил:

— Мне сказали, у тебя проблема с ВНЖ, а на родину, чтобы исполнить свой долг и принести пользу, ты возвращаться не хочешь.

— Ну не то чтобы... — начал я, но, поняв, что надо мной издеваются, согласился, вздохнув: — Не хочу.

— Ну тогда могу помочь. Есть такая богом забытая страна на задворках Европы, Португалия называется. Мы ее даже пытались догнать и перегнать по велению президента, — хохотнул он, — но как-то мимо. Знаешь анекдот? В России все хорошо, но все как-то мимо. Ну вот. Там сможешь получить ВНЖ без особых проблем, поможем чем сможем. Если созреешь, напиши — скину контакт.

И повесил трубку. Я понял, что меня на встрече не просто так расспрашивали. И еще понял: если попрошу контакт в Португалии, могу перестать принадлежать себе быстрее, чем получу ВНЖ.

Рассвет я встретил на балконе, кутаясь в одеяло, греющее снаружи. И смакуя плохую польскую водку с лимоном, греющую внутри. Раскуривая под вечными далекими звездами бесчисленные сигареты. Я спрашивал себя в который раз: кто я, что здесь делаю и куда иду? Будет ли моя семья со мной и что будет со мной? И что делать, когда моя удаленная работа, наличная заначка и шенгенская виза закончатся? Меня тошнило от мысли, что в глубине души я уже рассматриваю это предложение. И если приму его, это станет предательством себя и своих идеалов. А если не приму? Со временем потеряю удаленную работу и проем деньги. Буду вынужден вернуться? И пойти на войну? Или останусь за границей и буду тянуть деньги родни и стану обузой? Не станет ли это предательством семьи?

Пора было начинать двигаться сквозь пространство и отвращение к себе. Я достал телефон и написал Ивану Ивановичу.

Там, где кончается земля и начинается море

Прощай турецкий берег,
И крепкий кофе, чай,
Тех, кто за мной приедет,
Ты ласковей встречай!
Тем — шпили минаретов,
Как копий острия,
Те песню муэдзина
Услышат, но не я.
Под брюхом самолета,
Под килем корабля,
Уходят прочь печали,
Ждет новая земля...

1

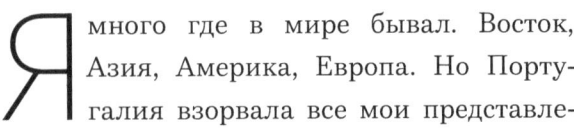Я много где в мире бывал. Восток, Азия, Америка, Европа. Но Португалия взорвала все мои представле-

ния и была непохожа ни на одну страну, что я видел раньше.

Разноцветье людей и языков, своеобразная культура и архитектура, старинные дома и монастыри, современные скоростные трассы и здания в стиле хай-тек, заботливо восстановленные машины шестидесятых и бесчисленные «Теслы».

Этот коктейль пленил. Пленила открытость коренного населения и доброжелательное отношение к иммигрантам, отсутствие озлобленности у тех «понаех», кого собрала под свое крыло заботливая Португалия. Южная Америка и Африка, Украина и Россия, Англия и Китай — на полосе земли, не слишком далеко протянувшейся вдоль древнего океана, все уживались, строили свое сегодня и надеялись на светлое завтра. Кто-то работал, кто-то наслаждался заслуженным отдыхом. Страна, самую вытянутую часть которой за сутки можно пересечь на машине, была очень разнообразна и таила множество открытий для тех, кто связал с ней жизнь.

2

Пошарив в записной книжке, я нашел старого знакомого, довольно давно убывшего из России. И как раз в Португалию. Но так как приятельствовали мы тоже давненько, ни война, ни мое бегство из объятий родины не сломали нашу товарищескую переписку и веселый мужской треп о жизни. И когда я написал, что планирую найти себя в Португалии, мой приятель горячо поддержал мой выбор и обещал помочь. И действительно, как только я ступил на трап самолета и включил телефон, меня ждало сообщение: «С прилетом! Какие планы на вечер?))»

Вениамин — так звали приятеля — зря времени не терял. За шесть лет, прошедших с отъезда из России, они с женой открыли два ресторана грузинской кухни в Лиссабоне. И к удивлению многих, бизнес процветал. Кавказская кухня очень понравилась португальцам. Попивая грузинское вино, я с изумлением заметил, что столики практически полностью заняты местными, а не туристами. Жена Вениамина, хозяйка и душа ресторана, порхала между ними, перекидываясь парой слов с завсегдатаями и вполглаза контролируя персонал. Беседа текла вперемежку с национальными деликатесами и тихим рокотом разговоров соседей. Я рассказал Вене о своих мытарствах, впрочем умолчав о том, что имею контакт в посольстве России.

Тот выслушал и пообещал помочь с тремя самыми важными вещами для новоиспеченных первооткрывателей Португалии: с поиском съедобной аренды квартиры, с основанием для ВНЖ и с выбором школы португальского языка. Обещание он сдержал. Через месяц я стал счастливым квартиросъемщиком, обладателем записи о подаче документов на ВНЖ в эмиграционную службу и школьником. Взял в долгосрочную аренду машину и стал открывать для себя Португалию — как с туристических сайтов, так и незнакомую многим тихую тягучую аграрную страну. Полную традиций, историй, специй, неторопливых бесед за чашечкой кофе или рюмкой портвейна, желтых мощеных улочек и беленых старых домов с уютными зелеными садами.

3

Откровение, явленное мне в начале моего побега, что я никому не нужен не только на родине, но и в Европе, подтверждалось ежедневно. Впрочем, не нужен был не только я. Все вольные и невольные эмигранты из постсоветского пространства, ринувшиеся лавиной в мир, все — от инженера и до вчерашнего владельца кафе, от оппозиционеров до беглецов от повесток — столкнулись с одной очевидной вещью. Они никому не нужны. Все санкции против российского режима достались иммигрантам. Европейским чиновникам плевать на политические взгляды и причины эмиграции. И состоявшиеся в бизнесе или в профессии в прошлом изгнанники или сидели по арендованным норам и рефлексировали, или работали кто кем. Кто — официантами, кто — гидами в туризме, ну а кто-то пытался нажиться на вновь приехавших.

Я тоже много чем пробовал заняться, впрочем безуспешно. Попытки найти себя заканчивались или ничем, или предложением поставить в Россию что-то, находящееся под санкциями. Это было как плохой сон. Кошмар, где нет выхода. Европа не хотела даже наших денег! В отличие от Турции, обнимавшей и обиравшей всех.

Они — уехавшие — интересовали только родину, от которой так мучительно бежали. Причем интересовали исключительно в связи с тем, за что в Европе грозила депортация, а душу выворачивало наизнанку. Путь был один: или приспособиться и позабыть о прошлой комфортной жизни, или податься обратно.

Дни шли, напоенные новыми видами и вкусами, сомнениями и тягостными раздумьями. «Новая газета», «Медуза», «Живой гвоздь», «Дождь», множество прекрасных спикеров стали настоящими друзьями для тех, кто уехал. Зачастую не просто отдушиной, но единственной ниточкой, связывающей с реальностью.

Они помогали не забыть, что где-то идет война, гибнут люди, лгут политики и пропагандисты. Помогали нести бремя принятия трагедии, которая произошла на их глазах. Трагедии, разрушившей судьбы и семьи, планы и мечты.

4

Когда пришло сообщение с незнакомого португальского номера с приветом от Ивана Ивановича и предложением встретиться, я сначала не понял от кого это. А вспомнив, крепко задумался — отвечать или нет? Но, помня моральный долг — мне ведь все-таки помогли! — и желая расставить все точки над „i“, выпасть из всех телефонных книг всех потенциальных Ивановичей, я согласился.

Был приятный летний вечер. Сад Гюльбенкяна наполнили лиссабонцы с детьми, которые то убегали от родителей, то гонялись за утками. Люди всех цветов и достатка сидели рядом на траве: кто — семьями, кто — дружескими компаниями. Детский смех и вечерняя перекличка птиц перекатывались с берега на берег маленького пруда.

Я присел на лавочку и закурил. Дежурное сообщение «На месте» было отправлено. Солнце касалось верхушек деревьев. Торопить встречу не хотелось. Мысли проносились в голове разные, но все заканчивались заготовленной фразой: «За все спасибо, но я ничем Вам помочь не смогу, так как это поставит под удар мое получение документов здесь. И мне тоже помощь не нужна». Именно получением документов, а не принципами, неприятием войны и политики правящего режима я решил объяснить отказ в чем бы то ни было.

Кто-то сел рядом и закурил. Картина счастливого настоящего легко стирала незримым ластиком все переживания. Глядя на счастливые пары с детьми в саду Гюльбенкяна, невозможно было сознавать, что где-то идет война, рушатся дома и жизни...

— Хорошо здесь, да?

Я вздрогнул и посмотрел на соседа. Спортивный парень, хорошо одетый, лет

тридцати, с удовольствием затягивался аро-
матным дымом сигареты, глядя на картину,
полную умиротворения.

— Они о войне даже не думают. — Он
обернулся ко мне и подмигнул. — Такие вот
во всем белом, пока остальные в говне. Семен, — представился он и протянул руку. Ладонь сухая и сильная, взгляд ленивый и одновременно внимательный. Он напоминал
сытого хищника на водопое, покровитель-
ственно посматривающего на прочую жив-
ность, пришедшую напиться. На лице была
знакомая печать Конторы.

— Рад знакомству, — ответил я.

— Ну что, как устроились? — весьма
доброжелательно спросил новый знакомый. — Уже три месяца здесь, а и ни звонка, ни строчки...

— Да все в бегах, — стал оправдывать-
ся я, — пока устроился, учу язык, изучаю
окрестности...

— Ну да, ну да... — сочувственно кивал
собеседник. — А подались на ВНЖ по статье «обещание рабочего контракта», потому
что сильно ВНЖ не нужно и есть много сво-

бодного времени? По этой статье, батенька, вы ВНЖ будете ждать пару лет в лучшем случае...

Он затушил окурок и, отправив его щелчком в сторону ближайшей урны, задумчиво продолжал смотреть на пруд.

Я сидел молча, перебирая в уме всех, кому я мог рассказывать о попытках легализации здесь. Вихрь мыслей летел прочь и возвращался безрезультатно. Но я отчетливо понял, что нахожусь гораздо глубже, чем просто в записной книжке.

Молчание затянулось, и я сказал, как мне показалось, достаточно уверенно:

— Не хотел вас беспокоить, а других вариантов не было. И вообще, мне кажется, я вам не очень интересен.

— Ну вот об этом не Вам судить, — почти весело сказал Семен, — нет неинтересных людей, есть люди, которые хотят быть неинтересными. Как Вам Южная Америка? С точки зрения состояния золотой отрасли? Вы же у нас производственник, золотарь со стажем, так сказать. Расскажите мне в паре слов Ваше мнение.

Переход был столь внезапен, что я даже не стал разубеждать своего собеседника, что золотарь совсем не представитель золотодобывающей отрасли. И без раздумий ответил, что серьезных разведанных в последнее время запасов золота там сейчас почти нет. Добывают в основном мелкие компании. С документами и без. Чаще без. Способ добычи — дедовский. Насосами размывают породу, прогоняют через драги, золото берут самым грязным способом с использованием ртути, логистика ужасная — всё с колес, инфраструктуры нет, безопасность специалистов отсутствует, законов нет, тропические болезни...

— А еще, говорят, в России плохо, — задумчиво молвил Семен. — Ну а как бы Вы посмотрели на то, чтобы стать независимым специалистом по рискам в одном золотом проекте в одной южноамериканской стране? С приличной белой зарплатой. В европейской компании. А заодно решить проблемы с ВНЖ здесь с учетом наличия документов на работу и размера оплаты.

Он написал сумму на телефоне и показал мне.

— Вот такие деньги. В месяц. На руки. Плюс командировочные. Плюс премия против результатов. Меньше, конечно, чем раньше. Но — война. Сами понимаете. Вы у нас специалист, но русский. И никто Вас по резюме на работу не возьмет. Если согласитесь, получите рабочий контракт и поменяете запись в иммиграционной службе на высококвалифицированного специалиста. И как мне кажется, месяца через три станете владельцем заветного пластика, который откроет перед Вами двери во многие европейские страны. Не согласитесь — будете жить от зарплаты до зарплаты. Один, скорее всего. Думать будете дома. Вам еще двадцать минут добираться до Вашего района. Если примете предложение, напишите и начнем. Долго только не думайте. Удачи.

Он поднялся и легким пружинистым шагом ввинтился в сумрак одной из многочисленных боковых аллей.

5

И снова была ночь, теплая и тропическая, наполненная светом звезд и шорохом летучих мышей, дымом сигарет и сладостью темного рома.

Я вновь размышлял: предатель я или нет. Своих родственников с Украины. Любимых спикеров с оппозиционных каналов. Решений никогда с людьми в погонах ничего совместного не делать. Думал, что цивилизованному миру мы, беглецы от режима, видимо, не нужны вовсе. Совсем. И что даже дьявол и тот не смог предложить мне что-то в Европе или в Северной Америке. И что в этом есть своя ирония... И вот позади тускнеющие осколки прошлого, а впереди туман над тропическим болотом будущего. Что знал я про Южную Америку, кроме того, что прочел в профильных изданиях? Думал ли я когда-нибудь, что ветер судьбы занесет меня так далеко? Но, сам того не заметив, задумался о том, что, быть может, вот она — редкая возможность вывезти из России семью. Взять нам всем билет в свободную страну. В новую жизнь. Пусть и с грязными руками.

Ведь, возможно, сегодня вечером я встретил в старом лиссабонском саду, на берегу рукотворного озера, — Воланда. А с Воландом, как известно, все совсем не так просто.

6

Бывает, жизнь тянется час за часом, рассвет за закатом, день за днем. И нет их каравану конца. А бывает, поток времени и событий подхватывает вас и несет так быстро, что калейдоскоп жизни рассыпается в ваших глазах на миллион разноцветных вспышек и осколков событий, мест и встреч.

Мое дремотное блуждание по Португалии кончилось, когда я зашел в маленький особняк рядом с Авенида да Либердаде. Позвонив в звонок обшарпанной старинной двери и представившись, я зашел внутрь. Меня встретила миловидная португалка средних лет, попросила документы, предложила кофе и предупредила, что придется подождать пять минут. Кофе был крепок и ароматен, а португальские пять минут почти равны получасу, к чему я давно привык.

Но вот в телефоне секретаря булькнуло сообщение.

— Вас ждет директор, — радостно сообщила секретарь. — Ой, забыла, черканите здесь внизу о неразглашении. Разговор будет конфиденциальным.

Я с подозрением и одновременно с обреченностью посмотрел на ворох бумаги, поставил внизу закорючку, похожую на подпись.

— Вот и славно. Проходите, — сказала секретарь и указала на массивную дубовую дверь с бронзовой ручкой в виде головы ястреба напротив ее стола.

Я прошел в маленький жаркий кабинет без кондиционера. Директор был мужчиной за пятьдесят пять или шестьдесят, с гривой черных волос, пронизанных серебряными нитями, зачесанными назад и на бриолине. Острые скулы и нос с горбинкой, гладковыбритое лицо, пронзительный взгляд темных глаз довершали портрет кинематографического мафиози из фильмов Скорсезе. Но когда он взлетел с кресла и почти мгновенно преодолел разделявшие нас три метра, чтобы поприветствовать меня и пожать руку — при этом рукопожатие было больше похоже на зажим тисков, — я понял, что он, скорее, бывший военный.

— Значит, это Вы поможете нам не совершить роковую ошибку? — спросил он на чистейшем английском и улыбнулся, рассматривая меня.

— Очень благодарен Вам за вакансию, сеньор, — начал я, — но, если Вы покупаете месторождение или производство, Вам в первую очередь нужны геологи, технологи, эксперты по строительству. Моя специфика — увидеть все риски проекта, внешние и внутренние. Описать их, ранжировать с точки зрения критичности и разработать механизмы или по уходу от этих рисков, или по минимизации возможного ущерба.

— Отлично, Вы нам подходите. Завтра получите с курьером документы о трудоустройстве, а на счет — зарплату за текущий месяц и командировочные. Не забудьте сообщить секретарю Ваш банковский счет. Вылет послезавтра. Кстати, завтра свяжется с Вами Максим. Вы полетите вместе. Он будет Вашим проводником и ангелом-хранителем. Будут вопросы — не звоните и не пишите на мессенджеры, на мой номер или телефон компании. Все вопросы к Максиму. Ваше профессиональное мнение изложите в отчете по возвращении. А сейчас прошу меня извинить: следующая встреча.

И, хлопнув по плечу, он выставил меня из кабинета.

Я стоял в задумчивости у стола секретаря, наверное, слишком долго. Потому что, кашлянув из вежливости, она сказала:

— Не переживайте, с Вами поедет Максим, он душка. Решит все проблемы.

— Это хорошо, наверное, — ответил я, — только я не планировал так быстро ехать. И даже не знаю насколько и куда.

— Ну, во-первых, Вы подписали договор, где выражаете согласие на все требования компании, связанные с политикой неразглашения и организацией рабочего процесса. Во-вторых, билет у Вас в Гайану. Через

Барбадос. В один конец. Как все там решите, так и вернетесь.

Сидя с сигаретой на балконе, я не видел ни бархатных красок лиссабонского вечера, нежно обнимавшего город, вытягивавшего тени домов и деревьев и добавлявшего загадочности знакомому пейзажу. Ни реки Тежу вдалеке, которой мне так нравилось любоваться. Я принимал решение и через несколько сигарет его принял.

Для меня, специалиста по рискам, было видно невооруженным глазом, что это, скорее всего, какая-то авантюра. Поэтому завтра ни зарплата, ни билет в Гайану, ни приемлемый рабочий контракт наверняка не придут. И я с чистой совестью смогу отказаться от предложения соотечественников в погонах.

Принятое решение, край солнца над крышами домов, отражающийся в бокале красного вина, успокаивали, и все произошедшее казалось не более, чем фарсом. Странным португальским фарсом с русским участием.

Адский рай

В чужих краях, в пыли чужих дорог,
Оставив след, шлифуемый ветрами,
Ты к цели шел, уже не чуя ног,
Совсем один, с котомкой за плечами,
А в ней надежды, вера и мечты,
С сомненьем вперемежку и с тоскою:
А был ли ты? Где и зачем здесь ты?
Приговорен, но не готов к покою...

1

Утро не задалось. Ровно в восемь, абсолютно не по-португальски рано, в дверь позвонили. Я открыл и увидел курьера. А он, вручив мне пакет, молча развернулся и испарился. Адрес и фамилия на конверте были мои. Сведений об отправителе не было. Я отложил его в сторону, постарался сосредоточиться на зарядке и завтраке. Но безуспешно. Пакет на столе тревожно манил, отметая другие мысли и сбивая со счета сделанных упражнений.

Максимум, на что меня хватило, — дотянуть до половины девятого и заварить крепкий ангольский кофе. С дымящейся кружкой и таким же дымящимся мозгом я подошел к столу и распечатал конверт. Там был контракт на работу, сделанный вполне добротно, и билет бизнес-класса до Барбадоса с последующим перелетом до Джорджтауна.

Билет в бизнес-класс был очень приятной вишенкой на торте, но я не сдавался. Ровно в десять я зашел в мобильное приложение моего португальского банка и... обнаружил там поступление на пять тысяч евро больше, чем должен был получить по контракту. То есть пришла зарплата за текущий месяц и командировочные. Отступать было некуда. В несколько меланхоличном настроении я набрал секретаря компании, где с сегодняшнего дня имел честь работать. К моему удивлению, она меня сразу узнала — то ли меня выдал «блестящий» английский, то ли она ждала звонка. На вопрос о форме отчета, в том числе за потраченные деньги, она рекомендовала просто собирать чеки и зачем-то попросила прислать как можно скорее мои размеры. Точные размеры. На мой шутливый вопрос, не для похоронной ли компании она заранее собирает данные, она не ответила и положила трубку. Я вздохнул и пошел себя мерить. Рулеткой.

Свесив ноги с дивана, я смотрел в нутро чемодана. За час сборов там, кроме носков, пары футболок и трусов, ничего не добавилось. Базовые знания, почерпнутые из недр интернета, тоже ни настроения не добавляли, ни проясняли вопрос, что брать с собой.

Вкратце так: когда в Гайане каждый день, но не круглосуточно идет дождь — это сухой сезон. Когда дождь идет все время — сезон влажный. То есть мокро там, вероятно, всегда. Асфальт только в столице Джорджтауне. И все, что летает и ползает, хочет тебя или съесть, или чем-то тропическим и страшным заразить. Короче, рай.

И у меня в этот рай билет в один конец. В прямом смысле слова. Так как сборы не клеились, а завтра в «раю» неизбежно приближалось, я сделал единственную и, как мне казалось, правильную вещь: пинком закрыл чемодан и пошел в ближайший ресторанчик на поздний обед.

2

Вернувшись в значительно лучшем настроении, чему способствовала пара бокалов вина, я обнаружил у двери мужчину лет тридцати, около ста девяноста сантиметров ростом, весьма спортивного сложения и с большой армейской сумкой. Я бы даже сказал, вызывающе спортивного телосложения. Он смерил меня хитрым взглядом, улыбнулся и сказал:

— Здоровеньки булы! Вы на украинской мове размовляете?

— Здравствуйте, трохи размовляю. У меня родня с Херсона.

— *Трошки*, я бы сказал, — улыбнулся гость. — Тут будем говорить? Или зайдем? — продолжил он на чистом русском языке.

Мы зашли. Это был он. Душка Максим.

— Уже собрались? — полюбопытствовал он. Услышав мой ответ, он кивнул и раскрыл сумку. Там был недешевый набор одежды от компании «5.11», которую так любили мои бывшие друзья в погонах.

— Приличная одежда нужна только для Барбадоса. И немного. Мы ведь там только проездом. Но если на встречу дернут, пригодится. Для зеленки я все принес. За аптечку отвечаю я. Мне нужно знать вашу группу крови, наличие аллергий, хронических заболеваний...

Я заинтересованно смотрел на него. Какой интересный человек! То, что он и как говорит, как-то абсолютно не сочетается с Лиссабоном за окном.

— Максим, а Вы вообще кто?

— В данной командировке я выполняю функции по вашей охране и медицинскому сопровождению в джунглях. Помогу сориентироваться в проекте в рамках моей компетенции. Организую контакт с нашим персоналом и специалистами встречающей стороны, — доложил он.

— А за жизнь побалакаем в самолете — перелет длинный. Увидимся в порту, не задерживайтесь. Рекомендую взять эту сумку, чтобы быть похожим на мужика. Хотя бы на первый взгляд. — Он улыбнулся, глянув на мой нарядный голубой чемодан и на изрядно отросшие волосы. И вышел. Я проводил его абсолютно обалдевшим взором.

3

Перелет прошел сносно. Собеседником Максим оказался интересным. За первым пластиковым стаканчиком виски, поднятым за взлет, мы перешли на «ты». За броней мышц и фасадом альфа-самца оказался приятный молодой мужик с непростой судьбой.

После учебки и службы в армии, понимая, что он особенно много в Украине не заработает, он подался в Иностранный легион и шесть лет мотался по миру, куда посылали. Мой вопрос «А куда?» был проигнорирован. После окончания контракта устроился к русским в гайанскую компанию кемп-менеджером, то есть отвечал за быт и безопасность лагерей геологов и рабочих в «зеленке», инкассировал образцы породы и золотые самородки по дороге в Джорджтаун.

Когда русские закончили геологоразведку, они уволили весь персонал, так как искали финансирование на строительство завода и, пока суть да дело, не хотели нести лишние расходы. Максим вернулся в Украину. Сам сделал ремонт в хате. А в Сети разместил резюме. Тут-то в январе 2022-го его и нашла знакомая мне португальская компания и заключила контракт.

Когда началась война, родители взяли с него клятву, что он не вернется домой, пока идут боевые действия, так как слишком многие знали, что он работал на русских. И у него в эти лихие дни могли быть проблемы. Жена приехала к нему и поселилась в часе лёта от Гайаны — на Барбадосе. Ее взяли на работу какие-то знакомые.

— Теперь ясно, почему тебя пригласили, — сказал я, — ты хоть Гайану знаешь и спец по выживанию. А вот зачем им я — пока не понял.

— Ну все немного проще. По мне. И сложнее — по тебе, — ответил он. — Я работал как раз в той компании, которую сейчас мы будем с тобой забирать или покупать. Сам решай, какой термин тебе больше нравится. Правильнее всего, наверно, будет сказать: пробовать купить на наших условиях. А тебя нашли не просто так. Мне сказали, что ты долго работал в одной из крупнейших золотых компаний в России, занимался коммерческой разведкой, организовывал защиту и не раз противодействовал рейдерским захватам. Ты разбираешься в любом бизнес-процессе — от логистики и оборота материальных ценностей до использования разрешенных и не очень техсредств. Легко сходишься с представителями госструктур и криминальных группировок. Мне, часом, не соврали? — спросил он и поднял бокал.

4

Вот. Теперь, наконец, все сошлось. И помощь, которую мне оказали, и то, что не выпускали из поля зрения. Все, что рассказал Максим, было более или менее правдой, но правдой, которую знало всего несколько человек. Именно специфика прежней работы позволяла мне легко сходиться с любыми людьми во время моего вынужденного бега. Но не позволяла ничего интересного упомянуть в резюме для возможных работодателей.

После начала войны мой непосредственный начальник и по совместительству совладелец компании улетел в командировку в Лондон. И не вернулся. Начальник службы безопасности фактически был мне ровней в нашей иерархии и не мог помочь с трещавшим по швам рабочим контрактом. Но, помня все, что мы с ним прошли, и, видимо, из лучших побуждений слегка прорекламировал меня ребятам из органов. То есть просто слил все, что знал.

Голова слегка гудела от услышанного. Макс тихо храпел. А я глоток за глотком топил поток мыслей и сомнений в пластиковом стаканчике. Впереди, как оказалось, ждала не трясина неизвестности, а вполне конкретная драка на чужом болоте. И я заходил в нее без подготовки, без своей команды и вводных данных, в рамках чужих законов и понятий. А единственный мой новоиспеченный соратник радостно похрапывал, улыбаясь чему-то во сне абсолютно детской счастливой улыбкой.

6

Несколько часов в Барбадосе прошли приятно и особенно ничем не запомнились, кроме толп туристов на улицах. Было жарко, влажно, пахло цветами и сигарами. Абсолютно туристическое место. Я устроился в маленьком баре рядом с аэропортом, а Максим рванул к жене.

Я смотрел на счастливых и загорелых, а иногда и сгоревших людей, говоривших на английском, китайском, немецком, французском... Смотрел и думал, насколько будет похоже на этот туристический рай мое место назначения. Странная рабочая командировка без обратного билета.

В Гайане на выходе из самолета в лицо ударил влажный и ароматный поток воздуха, напоенный запахами прелой листвы и цветов. Воздушная гавань Джорджтауна оказалась смешным региональным тропическим аэропортом с дюжиной микроавтобусов и множеством пикапов у выхода. Ленивая и доброжелательная брань таксистов вперемешку с тарахтением старых двигателей тихо гудела и перекатывалась над маленькой площадью.

Макс кому-то позвонил, и к нам лихо подрулил старый японский микроавтобус со смуглым водителем, очень похожим на жителя Индии или Пакистана. Максим нас представил. Человека звали Риши, он был нашим штатным водителем и действительно оказался индийцем. Со временем я узнал, что население Гайаны состояло в основном из выходцев из Африки и Индии, а также из немногочисленных индейских племен. Но они жили особняком и в основном в джунглях, занимаясь промыслом животных, в том числе краснокнижных, и незаконной добычей золота.

До центра доехали быстро. Бросалось в глаза огромное количество старых японских машин, доживающих здесь свой век. Господствовали грузовики, мотоциклы с мопедами, пикапы. Дома от дороги отделяли глубокие канавы шириной до двух метров, полные мутной вонючей жижи. К домам подороже вели бетонные мостики, к прочим — деревянные. Рядом с машинами паслись коровы, свиньи и козы. Петухи гордо горланили с капотов внедорожников, рядом с заборами высились кучи мусора, до того зловонные, что в машине нечем было дышать. По обочине, буквально в нескольких сантиметрах от пролетающих машин, куда-то спешили женщины и мужчины, таща на себе сумки или пихая тачки. Весело крича, торопились дети. Многие босиком, но в одинаковой одежде — видимо, в школу.

Дорога была плохой. Машину качало на ухабах и ямах.

— Красота! — сказал Максим. — Столица! Чистота и красота!

Я посмотрел на него, надеясь уловить сарказм. Но нет, Максим, развалясь, сидел на переднем сиденье и явно получал удовольствие.

— Наслаждайся цивилизацией! В зеленке этого не найдешь! — порекомендовал он. Гостиница, у дверей которой нас высадил водитель, была больше похожа на Форт-Нокс, чем на гражданский объект. Практически закрытый и непроницаемый внешне куб с огромным внутренним двором и окнами номеров, выходящих только во двор.

Я зашел в комнату. Осмотрелся. Резная деревянная мебель и вентилятор под потолком. Старый ржавый кондиционер. Роскошь резьбы и аскетизм номера странно уживались в одном квадратном флаконе.

Я на всякий случай отключил кондиционер, явно никем десятилетиями не чищенный, и включил вентилятор. Не успел я разложить нехитрые пожитки, как вломился Максим. Отругав меня и включив вновь кондиционер, он заявил, что лучше простудиться, чем поймать в первый же день малярию. Комары — основные переносчики малярки, — как ее ласково здесь называли, — не любят холод и не активны в холодных помещениях.

Потом он объявил, что сегодня мы отдыхаем, но, так как завтра работа, по злачным местам не пойдем. А просто перекусим и попьем рома, который нам заботливо купил наш индийский друг. Местный ром «Эль Дорадо» оказался очень приятным напитком с богатым ароматом, а пара сигар, которые с видом фокусника достал Макс, и вовсе превратили конец долгого дорожного дня в маленький праздник.

Я сидел, откинувшись в колониальном кресле, и, прикрыв глаза, поддакивал Максиму. Тот, утопая в клубах ароматного дыма, травил одну за другой байки из наемнического прошлого. Тихо играла в баре какая-то тропическая музыка. Казалось, что мы сидим не во внутреннем дворике маленькой гостиницы на краю света, а плывем на каравелле куда глаза глядят. За кормой нет прошлого. А юнга с мачты еще не разглядел очертаний грядущего впереди.

Расклад

Старые лодки, заброшенный пирс,

                         тихо теченье воды,

Маленький Ангел с книжкой стоит,

                         все у него впереди,

А по течению выше, где гнус

                         и сети лианы плетут, —

Дом на столбах тихо тайны хранит,

                         дарит покой и уют.

Место у входа разделят ружье,

                         старый и ржавый мачет,

Мать у плиты тихо песни поет —

                         обереги от бед...

1

Ночь прошла без приключений. А горячий душ и вовсе убедил, что и в Джорджтауне есть жизнь. Мы с Максимом с наслаждением ели горячую яичницу, запивая ее апельсиновым соком и прогоняя остатки хмеля. Наконец, с завтраком было покончено; немногословный Риши подхватил нас, и мы поехали в офис. Ехали минут двадцать, особо не торопясь; водитель все время сигналил, разгоняя из-под колес веселых ребятишек, куда-то торопящихся женщин и важных петухов.

По дороге я обратил внимание, что людей со светлым цветом кожи видел только пару раз. И то в машинах, по дороге из аэропорта. Спросил об этом Максима. Тот подтвердил: во всей Гайане в среднем находятся одновременно не более двухсот белых специалистов, и в основном в Джорджтауне. И вообще, не туристическое это место.

В тот момент я еще даже не представлял насколько не туристическое.

Риши подвез нас к двухэтажному зданию непонятной архитектуры. Видимо, когда-то просто большому частному дому. Миновав двор, мы прошли через пустой зал то ли бара, то ли маленького ресторана вглубь помещения. На мой недоумевающий взгляд Максим ответил, что дела здесь делаются в основном в барах и отелях. Отели стоят дорого, — хохотнул он, — так что начали с приобретения бара.

Мы поднялись на второй этаж. Там оказалось большое прокуренное помещение с парой диванов вдоль стен, столом и стульями посередине и еще маленьким столом в углу — с весами, увеличительным прибором, какими-то инструментами и горелкой. На мой вопрос: «Зачем это?» — Максим ответил, что иногда мы, а иногда с нами рассчитываются золотом или камнями. Это набор для проверки.

Затем он достал из старого сейфа, стоящего на полу, карты, несколько папок с документами и стал вводить меня в курс дела.

Оказалось, что персонал нашей компании в Джорджтауне состоит из директора бара, бармена и пары официантов, водителя и человек пяти охраны. Европейцами, кроме нас, был только директор бара, полный и грустный израильтянин российского происхождения. Про него Максим сказал просто: наши глаза и уши здесь. Докладчик махал руками над картой, показывая, где сейчас мы, а где поселок Бартика — последний островок цивилизации и закона. Дальше оттуда мы поплывем на лодках с вооруженной охраной. Сотовой связи в джунглях нет. Только локальные рации и спутниковые телефоны. Затем пошла лекция про то, где находится месторождение, принадлежащее русским. Где работают соседи. Где незаконная добыча на флангах лицензионных соглашений.

Тут Максим хохотнул. И стало ясно, кто организовал незаконную добычу. Он показал границы месторождения канадцев, примыкающего к лицензии русских и их территории. Охраны и силенок у канадцев было куда больше, чем у русских. Поэтому незаконной добычи на их флангах не было. И продолжил:

— У компании русских, которую наши работодатели хотят купить, три лицензии. Две — разведанные месторождения. Там я работал кемп-менеджером. А про третью ничего не знаю. Туда только геологи-поисковики по двое, по трое с проводниками ходили. И особых результатов или образцов золотоносной породы оттуда никто не видел.

2

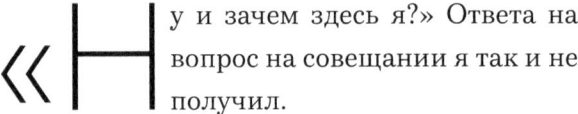

у и зачем здесь я?» Ответа на вопрос на совещании я так и не получил.

— Наверное, затем, чтобы увидеть все своими глазами. И составить экспертное мнение: можно ли здесь организовать добычу и вести бизнес на постоянной основе. Дело в том, что русских англосаксы отсюда потихоньку выдавливают в Венесуэлу и тут всем заправляют они и китайцы. Китай — через деньги в инфраструктуру. Помнишь дорогу из аэропорта? Это они построили. А сейчас полезли в лес. Пытаются его заготавливать. Финансируют золотодобычу. В городе у них гостиницы, рестораны, скупка золота и камней.

Американцы пытаются мешать им через правительство и полицию. Но в зеленку не лезут. Действуют тоже через деньги, только не инфраструктурные, а нефтяные — шельфовые разработки.

Американцы и китайцы поддерживают и правительство, и оппозицию. А те в ответ с ними заигрывают. Кто имеет здесь крупный бизнес, тот имеет реальную власть, влияет на политиков, полицию и так далее. А в лесу еще — местная мафия. Она незаконно добывает древесину ценных пород, редких животных, золото и алмазы. Ну и обслуживает караваны наркоторговцев из Колумбии в Бразилию.

Русские заперлись в посольстве, работают статистами. Их единственный способ удержаться на плаву, иметь живые деньги и *крышу* для заброски специалистов — забрать этот проект и построить завод. Доклад закончил, — выдохнул Максим.

— Так португальская компания?..

— Да, *крыша*. То ли каких-то русских бизнесменов, то ли разведки, то ли всех вместе. Не мой уровень, — ответил Макс. — Наша португальская компания специализируется на охране каких-то грузов из Бразилии в Евросоюз через Португалию. С учетом наркотрафика мог бы предположить каких, да мне все равно.

3

Я сидел задумавшись. Расклад яркий. Очень. Даже не изучая детально ситуацию и игроков, ясно: есть до хрена рисков, видимых и не очень, множество факторов, которые просчитать практически невозможно, потому что по ним просто нет легальной информации. Она вся в полях, вернее, в джунглях. Действительно, те, кто принимает сейчас решение, не могут опираться только на геологические данные.

— Кто старший и ставит задачу? — спросил я. — Мне сказали, что ты, Максим, на месте мне все объяснишь и со всеми познакомишь.

— А вот тут самое интересное. Глава этой миссии — ты. Ты ставишь задачу. Ты формируешь вопросы. А я помогаю искать ответы. И обеспечиваю ресурсы. Любые. Мы еще на ты, монсеньор? — улыбнулся Максим.

Знакомство с документами заняло полдня. Видимо, их готовил Макс, так как очень детально было прописано все, касающееся джунглей, а вот золотодобывающая и бизнес-среда Гайаны, основные игроки, официальные и не очень, практически отсутствовали.

Мне был нужен кто-то уровнем повыше. И я решил, что раз нам продают на каких-то условиях компанию, здесь наверняка есть кто-то из отраслевиков со стороны продавца, с кем можно поговорить.

Максим согласился и начал телефонные перезвоны. Через пару часов выяснилось: с нами может увидеться один из совладельцев компании, которой мы интересовались. Но вот незадача: он уехал к себе в полевой лагерь и раньше чем через неделю, а то и больше не появится.

К слову сказать, планирование встреч в Гайане так и строилось. Обычно заинтересованные стороны обсуждали период встречи, который мог занимать до недели, так как, если бизнес связан с джунглями, четко планировать что-то просто невозможно.

Тем не менее с Алексеем — так звали одного из владельцев компании, в которой мы были заинтересованы, — удалось связаться через его офис и их радиостанцию. И он подтвердил встречу. Вернее, сказал: пусть приезжают. Как доберутся — увидимся. Или пусть ждут в Джорджтауне.

Сидеть неделю или больше в гостинице не хотелось, тем более что нужно было осмотреться на местности. И заодно проверить, так ли хорош Максим в полевых условиях, как он рассказывает. Поэтому я решил двинуть в джунгли. Максим кивнул. Сказал, чтобы я пару дней на него не рассчитывал. Он будет готовиться к поездке. Я взял в гостиницу карты, документы, бутылку рома, удостоверился в приемлемой скорости интернета и сообщил Максиму, что пару дней без него вполне обойдусь.

Пришлось поднять записную книжку и набрать несколько номеров, на которые я редко звонил без нужды. Одному абоненту я передал все российские установочные данные по контрагентам. Второму — все, которые не касались России. Оба подтвердили ставки и форму оплаты.

Про мое отсутствие никто не сказал ни слова, хотя явно знали все. Это лишний раз наполнило меня уверенностью, что определенные люди из записных книжек меня пока не стерли.

Я уже незаметно для себя стал переходить на сленг Максима, зеленка = джунгли, лесники = грушники, теплая одежда = бронежилеты и так далее.

Читая открытые источники и собирая первичную информацию, я начал ждать, что принесут в зубах мои гончие в погонах. Информация, не касающаяся России, прилетела вечером, накануне отъезда в зеленку.

Данные были понятными и прозрачными. Компанией на девяносто процентов владела семья россиян, причем фамилия мне показалась знакомой. Проживали они в Великобритании. Десять процентов принадлежали канадцам. Компания, владеющая лицензиями, была под канадской юрисдикцией с осени двадцать первого года. То есть за полгода до войны владельцы успели перерегистрировать лицензии с российской фирмы на канадскую, но канадцев пришлось взять в долю. Штрафов или исполнительных производств ни за компанией, ни за физическими лицами не числилось. Вопросов, на первый взгляд, информация не вызывала. Я допил последний глоток рома, выкурил сигарету, задумчиво смотря в темное небо, усыпанное миллионами огней, и думая о том, что ждет нас завтра.

4

Серым сумрачным утром мы погрузились в знакомый микроавтобус. С собой по рекомендации Максима взяли самое необходимое. Цивильные вещи и ноутбуки сложили в полиэтиленовые пакеты, а потом в сумку для отправки с Риши в офис.

С нами погрузились двое черных парней охранников. Один — с револьвером. Второй — с дробовиком.

До Парики — порта, где кончались асфальтированные дороги и река Эссекибо мешала желтые мутные воды с океанской

водой, доехали за полтора часа. Нас ждала длинная лодка с низкими бортами. Пе-
регружая вещи, Риши достал из-под води-
тельского кресла два мачете. Один протянул
Максиму, второй — мне.

Я отказался. Все удивились, но промол-
чали. Мы погрузились и отчалили. По дороге в село Итабали — а ближе к месторож-
дению по воде подойти было нельзя — мы
должны были заехать в Бартику попить кофе и поздороваться с местным начальником
полиции. Мне он на этом этапе был не нужен, но Максим настоял, да и было по дороге. Лодка легко скользила по желтой глади
реки, и мы обогнали пару интересных по-
судин, похожих на нашу формой, вот только длиннее и крытых. Они были забиты до
отказа людьми, и один раз я даже увидел
мужчину у окна, державшего на руках ко-
зу. На вопрос: «Что это?» — Максим ответил: местный автобус, другого сообщения
с Джорджтауном у тех, кто живет в деревнях вдоль реки, нет.

Бартика была большой и веселой де-
ревней. С магазинами, кафе и причалом

со ржавой баржей. К ней могла пришвартоваться посудина покрупнее нашей лодки или местных «автобусов».

Мы с Максимом направились в полицейский участок. Если в Джорджтауне я за те несколько дней, что там провел, с десяток раз видел людей с цветом кожи светлее, чем кофе с молоком, то с момента прибытия в Бартику поймал ощущение, о котором предупреждал Макс. Посещение туристами с детьми зоопарка с редкими животными. И редким животным был я. И мой спутник. Прохожие оглядывались на нас. Дети перешептывались и хихикали в кулак.

Полицейский участок был похож на кадры из шутливого криминального фильма. Он был практически пуст. На стене висела старая карта. Седой служака в очках очень старательно и одним пальцем печатал на древнем компьютере.

Мы прошли мимо — к начальнику. А старик за компом даже не взглянул нам вслед. Начальник оказался темнокожим парнем лет сорока и с явными признаками ожирения. Его рабочий стол был пуст. В руках он держал мухобойку. И мрачно смотрел на нас.

Прежде чем мы успели поздороваться, он сказал, что очень занят. Максим кивнул, выразив понимание, что у начальника местного отделения много дел, и поставил на стол пакет из дьюти-фри, просвечивающий парой бутылок.

Тот мигом оттаял, отложил мухобойку и без стеснения нырнул в пакет рассмотреть подношение. Довольный, он предложил нам присесть и с барским видом осведомился, легко ли мы добрались до Бартики. Максим дежурно рассказал, что все хорошо, представил меня как специалиста по добыче и спросил, что слышно в зеленке.

Тут наш пухлый друг поразил меня до глубины души. Откинувшись в кресле и прикрыв глаза, он, несколько монотонно, рассказал с мельчайшими подробностями, где и кто из старателей находится, что делает, какие произошли инциденты в нелегальных лагерях, где ожидаются проверки государственных структур, что из оборудования и кто завез в зеленку и у кого как дела с вооруженной охраной.

Максим внимательно выслушал, поблагодарил и обещал привезти подарок из леса. Мы вышли. Я спросил Максима, все ли он узнал, что хотел. Он ответил, что все, что он хотел перепроверить, совпало. Кроме одного. Русские опять завезли геологов и оборудование для поиска. Мы сидели в кафе, наслаждаясь холодной кока-колой по умеренным ценам. В лесу, как я уже знал, все стоило в два или три раза дороже. Максим, заказав пару сэндвичей и комкая в своей лапе пластиковый стаканчик, вслух размышлял про вновь открывшиеся обстоятельства:

— Ничего не понимаю. Они всё доразведали, поставили испытательную промустановку, геологов разогнали. Запасы защитили в экспертизе, новые лицензии не брали. И вот опять геологов привезли... А охраны нет. Что они затевают?

Скрипя полусгнившими досками, мы прошли на причал и сели лодку. В память врезалась одинокая фигурка на пирсе. Девочка лет десяти со школьным ранцем у ног ждала кого-то, глядя в туманную даль реки. Порывы влажного ветра трепали платье и играли с кудряшками.

— Из школы, — видимо прочитав мои мысли, проворчал наш капитан. — Ждет попутную лодку домой. Она каждый день ездит. Нет чтобы родителям дома помогать!

Я смотрел на эту фигурку, таявшую в тумане, и думал, что, независимо от того, где ты родился, важно, что у тебя и твоих родителей внутри. Если стержень есть, то можно разрушить все препятствия и стереотипы и из мутных вод Эссекибо уйти однажды в чистую океанскую даль.

Лодка ушла с основного русла и нырнула в одну из многочисленных проток. Было влажно и душно, моросил мелкий дождь, я ловил брызги ладонью за бортом, иногда погружая руку в теплые желтые воды. Максим постучал меня по плечу: «Не рекомендую! — прокричал он, перебивая шум старого лодочного двигателя. — Здесь три вида пираний. Я в этом ничего не понимаю. Но если ты не фанат-ихтиолог, давай не будем рыбачить на живца».

Только тут я понял, что в проплывающих за бортом деревнях, не видел никого, кто купался бы в реке.

5

И табали совсем не напоминала Бартику. Лодки причаливали, просто утыкаясь носом в песчаный берег. Рядом на сваях грустил пустой старый бар. На берегу нас ждали четыре квадроцикла и четыре персонажа, более всего напоминавших сомалийских пиратов. Крепкие темные парни в старых рваных футболках, шортах и резиновых сапогах. На головах выцветшие бейсболки или банданы. Некоторые с мачете на ремнях через плечо.

— А вот и наша кавалерия! — улыбнулся Макс.

Он выскочил из лодки за секунду до того, как она ткнулась в мягкий песок, и пошел здороваться со встречающими. Отдельно надо сказать, что их старые японские байки были больше похожи на вьючных мулов. Веревками и сетками сзади и по бокам были прикручены канистры, коробки и тюки. Поймав мой взгляд, Максим сказал, что снабжение лагерей в джунглях — дело непростое и дорогое. Поэтому каждый выезд в *цивилизацию* — хотя это спорно в случае с Итабали — используется максимально для привоза необходимого: топлива, провизии, боеприпасов, лекарств, запчастей. На каждый квадроцикл сели по двое, причем тот, кто сзади, почти висел над дорогой в переплетении веревок и держался за груз. Максим сел за руль байка, на который посадили меня, все натянули на носы и глаза банданы, мотоочки и респираторы, и караван тронулся вдаль от реки.

6

Дорога до лагеря была очень запоминающимся приключением. Мельчайшая красно-оранжевая пыль висела нескончаемым облаком и проникала во все мельчайшие отверстия. Водители часто вели стоя, так как видимость была почти нулевая. Я пытался не выпасть, обреченно хватаясь за все, до чего мог дотянуться.

Дорога — хотя я бы назвал ее *направлением* — петляла, была вся в колдобинах и промоинах, во всех низинах стояла грязная вода. В нее смело въезжали и влетали наши водители. При этом пассажирам доставались волны и брызги оранжевой грязи. И если вначале я пытался как-то уклоняться от этого душа, то потом плюнул, видя, что все примерно в таком же положении. Болтанка, душ, пыль, шанс вылететь на повороте — и снова повторить, а потом снова и снова... Было ощущение, что мои внутренние органы неистово трясет в шейкере какой-то неведомый бармен-великан.

Я потерял счет времени. И изо всех сил старался удержаться в седле. Перед глазами качалась потная спина Макса. Внезапно мы свернули на очень узкую дорогу. Лес обнял нас. Ветви почти били по лицу. Стало прохладно и менее пыльно. Колонна снизила скорость, и минут через тридцать мы въехали в лагерь.

Черные старатели

...Ты проклят просто потому, что здесь родился
И никому ни там, ни тут не пригодился...
...И снова путь, но как же быть с душою,
Когда у адских темных врат стоим с тобою?

1

В лагерь... То есть на большую поляну, разделенную дорогой, выныривающей из джунглей и через двести метров ныряющей обратно в чащу. Вокруг шумел тропический лес. Невидимые в кронах деревьев птицы переругивались с важными петухами, разгуливающими по территории. Несколько построек были из пиленных, видимо тут же, бревен, другие — просто большими палатками и навесами.

Где-то играла музыка и слышался смех. Где-то плакали дети. Дымила пара костров. Мужчин видно не было. Наши встречающие подвезли нас к одному из грубых бараков на сваях.

— Дом, милый дом! — воскликнул Макс. — Приехали, пойдем устраиваться.

Мы зашли. Дом, вернее, прямоугольный барак, делила пополам стена. Грубо сколоченные дощатые двери имелись, но вместо окон зияли пустые проемы, затянутые двойной москитной сеткой. В каждой комнате стояли по три двухъярусные кровати и по столу со стулом — вот и вся обстановка.

Максим вручил мне тонкий новый спальный мешок и персональный москитный полог, сказав, что лучше слегка попотеть, чем чесаться от вшей и прочей нечисти в местных матрасах и постельном белье. Я по его рекомендации убрал матрас с бельем на соседнюю койку, обильно залил деревянные нары, пространство вокруг и под кроватью, москитные сетки на окнах, двери какой-то вонючей отравой из баллона и вышел на крыльцо, чтобы не угореть.

Там уже сидел Макс и о чем-то расспрашивал нескольких преступного вида типов. Когда я вышел, все смолкли, но после короткого представления, типа «все нормаль-но, он свой», разговор продолжился. На ме-ня перестали обращать внимание. Я молча стоял рядом и курил. Немного придя в се-бя после дороги, я различал среди построек подобие кухни и склада, что-то типа ре-монтной мастерской с полуразобранной техникой, откуда доносился смех и музыка.

Максим закончил разговор, отправил собеседников и спросил, устал ли я. После честного ответа в том смысле, что кое-ка-кие силы есть, но маловато, он предложил быстро проехать на байке по окрестностям, а потом помыться, перекусить, выпить и об-судить диспозицию. Мы сели на квадро-цикл, причем у Макса уже появился дро-бовик за спиной и кобура с пистолетом на поясе, и поехали в лес.

2

Рядом с лагерем текла небольшая ре-ка. Нелегальный прииск тоже был ря-дом. Условия работы оказались хуже, чем я мог представить. Люди — кто по колено, кто по пояс — стояли в воде и жидкой грязи и из брандспойтов размывали породу. Другие грузили красно-оранжевую грязь на ленту и отправляли в промывочный аппарат. И все это — в подобии открытых карьеров в среднем пяти метров в глубину. По краям карьеров и у промывочных аппаратов стояли вооруженные люди и лениво смотрели, как изможденные трудяги копаются в грязи.

Мы подъехали к золотоприемочному узлу, как назвал его Макс, а на деле — к навесу со столом и парой стульев. Сидящий там человек был первым европейцем, которого я встретил в лесу. Он был сильно худ, через отдающую желтизной кожу светился череп. Белки глаз тоже были с желтизной. Последствия малярки и, вероятно, не одной, понял я.

Я читал, что у многих переболевших начинались потом проблемы с печенью, а многие долго не могли восстановить вес. На вопрос: «Как дела?» — человек молча достал из стола жестяную коробку и открыл ее. Там лежали рисинки самородков и золотой песок.

— За день? — спросил Максим. Тот ответил утвердительно. Похоже, это было хорошо. Макс был доволен. И, дежурно обсудив насущные дела, мы вернулись в лагерь. Приняв душ и прополоскав верхнюю одежду, чтоб хоть как-то смыть грязь и пот, мы отправились перекусить. Старатели еще не вернулись с работы, и в столовой, кроме нас, за длинным и грубо сделанным дощатым столом сидела пара темнокожих охранников и перешучивалась с невероятных размеров дамой. Была ли она шеф-поваром или только официанткой, я так и не понял. Но, увидев нас, она кивнула Максиму и, ничего не спрашивая, ушла за занавес, откуда вскоре вернулась с тремя большими мисками. В двух из них плавали в жирной подливе по паре кусков мяса с рисом, в третьей были порезанные помидоры, огурцы и что-то малознакомое.

— Салат только для руководства! — гордо сказал Макс.

Попробовав горячее, я отчетливо понял, что проблемы с печенью через некоторое время пребывания в лагере могут начаться и без всякой малярии... После перекуса мы откланялись и отправились к себе. По дороге Максим показал туалет, хотя я по жуткой вони и сам догадался о его локации. Он рекомендовал ночью от хождения туда по возможности воздержаться, но, если уж совсем приспичит, обязательно надеть сапоги, взять фонарик и мачете. На вопрос, полон ли список или еще и дробовик взять, если по-большому, Максим без улыбки согласился: дробовик не помешает.

— Змеи, — пояснил он, — и по ночам зачастила пантера. Кур душит. А недавно и единственную собаку утащила.

Мы вернулись к себе и сели на импровизированной веранде. Мой спутник достал бутылку с ромом и пару сигар, и, под последние отблески солнца на верхушках пальм и кокосовую воду из свежевскрытых орехов, мы завели неторопливый разговор.

Максим поделился всем, что узнал за день. Русские, на чьей лицензионной территории наша компания организовала бессовестную черную добычу, морщатся, но прямого конфликта избегают. Добыча идет ни шатко ни валко — явно мы где-то не на основном рудном теле, а на фланге. Куда уходят на разведку геологи из русского полевого лагеря — никто не знает. Да и не особенно интересуется. Проверяющих до конца этого месяца не будет — можно работать спокойно. Но в следующем надо готовить деньги на взятки, чтобы рейд провели в другом районе.

— Максим, это сложно назвать бизнесом. А как насчет чистой прибыли по отношению к проблемам? Ну в годовом исчислении? — спросил я, привыкший к другим условиям работы и к другому уровню бизнеса.

— Триста пятьдесят — пятьсот тысяч баксов в год. И не больше двух-трех человек потери, если повезет, — сказал Макс. — Но это вместе с доходом от торговли алкоголем и женщинами.

— Детский плач... — начал я.

— Да, есть и с детьми, — кивнул Максим. — Пока одни девочки работают, другие смотрят за малышней. Не переживай. *Здесь* всё под контролем. Девочек не обижают ни наши, ни гости с других приисков. Зато мы всё про всех знаем.

Ночью, когда мы разошлись по нарам и залезли в пологи, я еще долго лежал и не мог уснуть. Может, из-за мыслей о том, как же мы мало ценим то, что нам дала судьба, — а дает она всем явно не поровну. Вот, скажем, женщины с детьми. И работяги в зеленке... Их жизнь сильно отличается от жизни даже в наших самых бедных регионах далекой родины.

А может, оттого, что сейчас меня окружали ночные крики животных и птиц. Шорох москитной сетки, которая прогибалась под ногами и телами тех, кто пытался пролезть в наш барак, чтобы поближе познакомиться с путниками. Ночь пахла прелой листвой и плесенью. Тонкий спальник не спасал от жестких нар. Но, по сравнению с рабочими, спавшими в гамаках под навесами и в палатках, это было весьма безопасное и комфортное пристанище. Пристанище на неопределенный период времени и с неопределенной перспективой.

3

Я конечно, читал, что в лесах Гайяны можно увидеть таких птиц и животных, каких редко встретишь даже в зоопарке. Но не ждал, что встречи будут так часты.

Утро следующего дня началось со знакомства с огромным попугаем размером около полуметра или больше. Я умывался на улице, когда надо мной пролетел кто-то большой и шумный. Это оказался гигантский попугай ара. Потом я еще много раз их встречал в лесу: они смело сидели на ветвях, подпуская любопытных иногда на пять метров. А потом с мерзким криком летели вдаль.

В первый же вечер я услышал жуткий рев из джунглей и, честно говоря, слегка струхнул. Звук был такой, что казалось, это какая-нибудь хищная тварь размером с большой диван. Но выяснилось, что это бабуины — большие черные обезьяны. В один из вечеров я встретил рядом с кухней, метрах в двадцати от себя, большую черную кошку и, особенно не задумываясь, прошел мимо по своим делам. На следующий день выяснилось, что пантера приводила котенка в лагерь, и, когда я смотрел на него, его мама абсолютно точно смотрела на меня.

Потом были встречи на лесных дорогах с пекари и тапирами. И вообще, лес был вокруг живой и красивый, полный фруктов и цветов, миллионов симпатичных и не очень тварей. Они бегали, летали, плавали, ползали. И было абсолютно ясно, что они здесь хозяева. А мы — гости.

Когда мы потом встречали брошенные лагеря золотодобытчиков, было сразу видно, когда их бросили. В первый год весь лагерь был заполнен лишь молодой яркой порослью. На второй — остатки строений и планировка еще угадывались среди растений. А вот на третий год лес забирал обратно все, что так самоуверенно пытался изменить и покорить человек.

4

Так как мы узнали все, что можно было узнать снаружи про лагерь русских, пришло время посмотреть, как там внутри и встретиться с владельцем.

Одевшись более или менее прилично и взяв вооруженную охрану, мы поехали на встречу. В отличие от нашего лагеря этот был местным центром цивилизации. Построенный на холме и обнесенный столбами с колючей проволокой, он имел даже ворота и охранника, правда дремавшего под навесом из пальмовых листьев. По его замызганной бандане ползали жирные темно-зеленые мухи. Все строения были на сваях, склады с запчастями и топливом имели подобия крыш и были огорожены, кое-где в окнах отблескивали стекла. Худые собаки лаяли и рвались с цепей, глядя на нашу делегацию.

Нас провели к дому, где жил Алексей. Он встретил гостей на террасе и предложил холодной кокосовой воды. Мы представились, причем Максим собрался и превратился из свободного пирата в очень вежливого и уважительного собеседника. Что еще раз показывало, что Алексей здесь пользовался авторитетом.

Наш собеседник был высокого роста, его манера держаться выдавала в нем породу и — я не побоюсь этого слова — происхождение. Хотя не было ни надменности, ни заносчивого поведения богатого человека. Разговаривал с нами один, без помощников и охраны. После дежурного обмена любезностями он прямолинейно спросил, что нам надо. Я, взяв инициативу в свои руки, мягко начал беседу:

— Понимаете, меня пригласили на этапе принятия решения о приобретении вашей компании. Помочь потенциальным покупателям осознать все возможные риски, с которыми они могут столкнуться впоследствии. Финансовая и геологическая аналитика не мой конек, а вот что касается организации ежедневных бизнес-процессов, взаимодействия с представителями власти и золотодобывающего рынка...

— Я понимаю ваши задачи и проблемы с их анализом, — прервал меня Алексей, —

но помогать не буду. Во-первых, мы отдадим две лицензии из трех, во-вторых, подпишем документы по передаче компании не раньше, чем мой отец будет на нейтральной территории, которая устроит нашу семью. Так и передайте своим хозяевам.

Он выдержал паузу и, видя, что я с немым вопросом и удивлением перевожу взгляд с него на Максима и обратно, сказал:

— А-а-а, так вы не в ку-урсе... Поздравляю, вы участвуете в весьма грязной сделке по приобретению бизнеса за один доллар в обмен на свободу невинного человека.

5

Вечер прошел погано. Разговаривать не хотелось. Глядеть на себя в зеркало тоже. Понимание, что меня используют втемную, удовольствия от процесса не добавляло.

Поняв, что я из отрасли, но не из банды, Алексей оттаял и предложил встретиться в Джорджтауне через неделю. Я решил провести в лесу еще пару дней, окончательно осмотреться, чтобы был материал для промежуточного отчета. А приехав в Джорджтаун, написать письмо с просьбой о расторжении рабочего контракта по собственному желанию.

Укрепившись в решении, я лег спать. Ночь уже не казалась таинственной и манящей. Мысли не бродили по воспоминаниям или мечтам о загадочных тропах в лесу, по пути к мерцающему желтыми отблесками золоту. Золотые самородки начали отливать кровавым цветом, а ночь стала пугающе пустой и зловещей.

Ничего личного

...Но мы бьемся, плачем и цепи рвем на груди
И слепыми глазами считаем знаки беды,
И пройдем сто дорог, чтоб увидеть рассвет,
Сквозь тьму ночи и солнца расплавленный свет...

1

Время до приезда в Джорджтаун особо ничем не запомнилось, кроме инцидента, случившегося после объезда границ лицензионного соглашения русских. Мы с Максом умудрились вторгнуться на территорию канадского предприятия, где были задержаны вооруженной охраной и доставлены для общения с шефом безопасности.

«Бывший военный» читалось в его выправке и в порядке, царившем на территории лагеря, больше напоминавшего военную базу, чем предприятие золотодобытчиков. Он знал Максима и, поздоровавшись, игнорировал его, а вот я вызвал явный интерес.

Спросив разрешения, он меня сфотографировал и записал данные. Можно было подумать, что я бы мог отказать в этой малости с учетом его людей, вооруженных автоматическим оружием, и разоруженного Максима. У него забрали все, даже маленький перочинный нож, что еще раз подтверждало, что Макса они знали не понаслышке. Местный начальник кому-то написал и дожидался ответа, впрочем угостив нас неплохим кофе. А дождавшись, отпустил на все четыре стороны, вернув оружие и рекомендовав больше в гости не заглядывать. Мы с облегчением отправились к себе.

А вечером накануне отъезда сидели на веранде барака и на трезвую обсуждали насущные вопросы. Я уже хотел пойти спать, когда Макс сказал:

— Да, я знал, что его отца закрыли в России, а Алексея принуждают к сделке. Я уважаю эту семью, но ничем им не обязан. Я никого не предавал, а деньги мне нужны. И я умею только то, что умею. И за то, что умею, к сожалению, платят в основном не самые хорошие люди. Если смогу, я постараюсь помочь этой семье. А помочь им можно только находясь внутри этого псевдо-бизнес-процесса. Я это вижу так.

Он встал и пошел спать на свою часть дома, а я молча пошел к себе.

2

Мы вернулись в Джорджтаун, и я отправил Максима на все четыре стороны. Видеть его особо не хотелось. И потому в одиночку я запасся ромом и сел за отчет.

Справка об отце Алексея, которая ждала меня по приезде из зеленки, окончательно укрепила меня в решении выйти из игры.

Бердовский Павел Алексеевич был известной фигурой в золотой промышленности. Пришедший в бизнес из науки, он не был замазан связью ни с продажными чинушами, ни с грабежом России во времена приватизации, ни с участием в бандитских разборках и захватах чужого имущества в девяностые. Вся его бизнес-империя была построена его острым ученым умом, неиссякаемой энергией и верой в людей. А несколько заводов — руками его и его сподвижников. Буквально с нуля. Бюджеты нескольких дотационных регионов Дальнего Востока держались на налогах с его предприятий. Техническая интеллигенция за тридцать лет работы с ним построила вокруг него на заводах семейные династии. Он создавал новые и поддерживал существующие образовательные учреждения для молодежи. Но вот бороться с рейдерством и существующей властью он не умел.

И это привело его на скамью подсудимых по состряпанному на коленке уголовному делу. У него забрали все, что было в России. И пришел черед активов за границей. Алексей был в розыске в рамках того же дела. И ничем, кроме оплаты адвокатов, помочь отцу не мог.

3

Отчет занял пару дней. Сильно качественным я бы его не назвал. Но меня особенно не волновало, сколь довольны будут работодатели. Я перечитывал его, внося корректировки в откровенно слабые места, когда в дверь постучали. «Максим», — раздраженно подумал я и пошел открывать. Но за дверью ждал невысокий, коренастый мужчина неопределенного возраста, хорошо, но неброско одетый.

— Джон. Джон Смит, — представился он и протянул визитную карточку. — Не мог не заглянуть, узнав, что остановился в одной гостинице с коллегой.

На визитке значилось, что мой новый знакомый — доктор геологических наук, работающий в компании с названием ничего мне не говорящим.

— Мне очень приятно, — сказал я, — познакомиться с Вами. Но, к сожалению, я жду своего друга, который должен вот-вот прийти. У нас с ним планы на вечер.

— Если Вы про Максима, он сейчас пьет ром в одном известном своими свободными нравами месте и у него планы не на Вас, а на молодую девушку африканского происхождения, — улыбнулся мой собеседник. — Ну я не малярийный комар и не пиранья. Я не кусаюсь. Давайте выпьем по бокалу и поговорим. Я угощаю.

Предложение было, мягко говоря, настойчивым и откровенным. Геологией от него не пахло, а пахло совершенно иным... Но я так устал от всего, что на меня обрушилось в эти дни, и так злился на нанимателей и их русских друзей, что посчитал, что от вечера, проведенного с этим американцем, уже хуже быть не может.

— О'кей, — сказал я. — Сейчас спущусь в бар, только закрою лэптоп и причешусь. Увидимся.

И демонстративно закрыл дверь перед носом незнакомца.

4

Мы сидели в знакомом мне баре. Играла ненавязчивая музыка. Тропический шансон сменял регги. Было еще рано, поэтому, кроме нас, в зале скучали только официант и бармен. Джон задумчиво смотрел на меня.

— Знаете, что главное в нашей профессии? — спросил он.

О какой профессии он говорил, было не совсем понятно. Ясно было только то, что он не только геолог. Или не геолог вовсе.

— Главное в нашей профессии — видеть нестыковки и обладать хорошим вкусом. Поэтому, раз я угощаю, давайте проверим ваш вкус. Выбирайте. А я пока расскажу про нестыковки, которые меня смущают.

Я пожал плечами и взял меню. В день приезда, да и после, наведываясь в этот бар, мы с Максимом не смотрели меню. А просто брали местный ром двенадцатилетней выдержки. И ни разу об этом не пожалели. Сочетание цены и качества, а также сочетание напитка с окружающей обстановкой не оставляли вариантов. Но так как меня настойчиво пригласили и ясно сказали, что угощают, я особенно не задумывался.

— «Ямадзаки», восемнадцать лет, односолодовый. К нему содовую и лед. Только всё отдельно. И фрукты, — сказал я официанту. И захлопнул меню, злорадно посмотрев на нового знакомого.

— Достойный выбор, — похвалил Джон, — но почему Япония? Там были более известные и дорогие напитки.

— Ну цена не важна. Вы платите. А вот «Ямадзаки» для меня напиток, сделанный с любовью к совершенству и с характером самурая. То есть ничего лишнего.

Джон кивнул, показывая согласие, и неторопливо начал беседу:

— Видите ли, я консультант. Консультирую одно канадское золотодобывающее предприятие. И когда Вы там очутились вместе со своим спутником, сначала я не обратил на это особого внимания. Максим раньше был нашим официальным соседом, теперь стал пиратом, но соседствовать не прекратил. Он знает, что на нашей территории заниматься нелегальной добычей — дело неблагодарное и, возможно, даже болезненное. Но тем не менее пересек границу. С Вами.

5

Oн поднял бокал, посмотрел на меня через него, глотнул и зажмурился от удовольствия. Я тоже пригубил волшебный напиток. Он продолжал:

— Случайных людей в Гайане не бывает. Почти. Русские и канадцы с двух сторон сели на большое коренное месторождение золота. Вы не знали? Да, скорее всего, это одно и очень-очень большое и перспективное месторождение. Мы много раз предлагали семье профессора Бердовского продать нам их компанию за хорошие деньги. Но они всегда отказывались. И вот Бердовский в тюрьме, Алексей объявил о скорой продаже компании, представители российского посольства уточняют в местном правительстве размер квоты на ввоз российской рабочей силы, и тут появляетесь Вы, специалист по недружественным поглощениям и экономической разведке. Я чувствую, что пора начать тревожиться. Что думаете?

«А Вы неплохой консультант», — хотел бы сказать я. Потому что думал именно так. Но сказать так было нельзя. «Толковая справка. Впечатляет. Особенно то, что собрана в России за несколько дней, во время разрыва всяческих отношений с проклятыми „англосаксами". Ведь за границей я прославиться или наследить еще не успел».

Джон смотрел на меня. Но странным взглядом, как бы сквозь. И как-то чуть-чуть мимо. И еще немного рассеянно. Хотя и очень внимательно. Его взгляд напоминал взгляд акулы. Пустой и безжизненный. За миг до атаки.

Ну что ж. Ответим.

— Во-первых, я специалист по препятствованию недружественным поглощениям. А во-вторых, я решил разорвать контракт. Не понравились условия работы, — сказал я.

Мы выпили.

— А что бы Вы сказали на предложение еще немного поработать? Хотя бы на время проведения Алексеем сделки. Вы помогли бы нам информацией изнутри. А мы бы помогли вам деньгами. Может быть, Вы бы даже сумели убедить Алексея продать нам компанию. Или разубедить Ваших хозяев ее покупать. Что скажете?

— Думаю, что не смогу Вам помочь, — уверенно сказал я.

— А Вы сразу не отказывайтесь. Подумайте. У Вас хороший вкус к виски. Я предлагаю поступить так, как Вы поступили, выбирая напиток. Самому назвать сумму, приемлемую конечно. И условия, которые посчитаете важными. Визитка у Вас есть. Максиму не стоит знать, что мы встречались.

Больше о делах не говорили. Джон, или, вернее, человек, назвавшийся Джоном, много рассказывал веселых и пикантных историй об африканских и южноамериканских странствиях. Мы пили, курили и смеялись. Со стороны могло показаться, что мы старинные приятели, которых судьба на один вечер свела под тропическим небосклоном.

6

На завтрак Максим не пришел. Сказал, что не выспался. И голова болит. Видно, вечер удался, подумал я.

Поев и собравшись с мыслями, я написал официальное письмо на почту своим работодателям с просьбой о расторжении контракта, прикрепил промежуточный отчет и отправил. Настроение заметно улучшилось. Когда принимаешь решение, даже тяжелое и грозящее тебе последствиями, становится все равно легче. Легче, чем ждать и бояться, бояться и ждать, когда топор опустится на шею. Говорят, ожидание смерти хуже самой смерти. Я полностью согласен.

Так как делать особенно было нечего, я взял в баре холодное пиво и пошел выцарапывать Максима из лап злого похмелья. Он вяло отбивался, но холодный напиток, душ и обещание, что налью еще, сделали свое дело. Он собрался, и мы пошли прогуляться и выпить пивка.

Прогулку решили начать с набережной. И вскоре обнаружили, что любителей про-

гулок по набережным в Джорджтауне ждало бы разочарование. Не-ет, набережная
была. А вот голубого океана и прекрасно-
го вида не было. Город построили в ниж-
нем течении Эссекибо слишком близко
к устью. Поэтому вместо водной глади, взо-
ру предстает илистая с грязными лужами
поверхность. Во время прилива ее покры-
вает вода, такого же грязно-желтого цвета.
Так что за неимением королевы, как гово-
рится, пришлось наслаждаться компанией
служанки.

Толкуя обо всяких маловажных вещах
и подставляя лица редкому в это время года
солнцу, мы шли в сторону бара, уже пред-
восхищая холодные бокалы пива и кондиционер. Рядом проходили люди, ехали машины, пролетали шумные чайки, и до нас
никому не было дела. Но тут одна из машин,
посигналив, остановилась и через открытое
окно человек в костюме на русском языке
предложил нам проехать в посольство России. Наши возражения по поводу наличия
планов и отсутствия паспортов для входа
впечатления не произвели.

— Привет вам от Ивана Ивановича, — сказал он и, приглашая, открыл дверь.

7

Чрезвычайный и полномочный посол Российской Федерации в Кооперативной Республике Гайана, а по совместительству в Барбадосе, Гренаде, Сент-Винсенте и Гренадинах, в Республике Тринидад и Тобаго оказался, несмотря на очень длинное и важное название должности, очень приятным человеком. Мы сидели за журнальным столиком в его кабинете и пили ароматный чай. Максим был оставлен в приемной и грустно сидел в углу на диване, глядя на секретаря и, вероятно, считая минуты до долгожданного стакана пива. А тем временем Сергей Александрович расспрашивал меня, как мне Гайана, сетовал, что посольская служба очень маленькая и возможностей помогать далекой родине не так много. Я соглашался и кивал, поддакивая.

Но вот с приличиями было покончено, и Сергей Александрович прямо спросил, почему я собираюсь прекратить помощь в известном мне проекте, который так важен для родины. Меня подмывало уточнить, родине ли он нужен или каким-то конкретным людям, стоящим рядом с руководством этой самой родины. Но с максимальным уважением и почтением я принялся сетовать на то, что мне не подходит местный климат, что очень много работы, а я хотел бы больше проводить времени с семьей.

Внимательно выслушав меня, посол вздохнул, набрал кого-то по телефону и протянул мне трубку. Я взял ее, уже понимая, чей голос услышу.

Иван Иванович на той стороне земного шара, судя по голосу, был очень расстроен.

— Ай-яй-яй! — сказал он. — Неделя в джунглях, прекрасная зарплата, ром — и вот на тебе. Какой же комар тебя укусил, часом не малярийный? Куда ты собрался?

Я, насколько мог уважительно, постарался донести до него свою версию про климат, семью и что, вообще, похоже, не мое все это.

— Ну это не тебе судить — твое или нет, — жестко сказал голос на том конце провода. — Стране надо помочь, и ты поможешь. Этот парень, Алексей, владелец компании, сказал, что будет иметь дело только с тобой. Приятное, видишь ли, ты на него произвел впечатление. Сам виноват. Иди и работай. Закроем сделку — вали к чертовой матери. А сейчас, если надумаешь брыкаться, подумай о семье, которая еще в России.

И сбросил звонок.

Сергей Александрович смотрел на меня молча и, как мне показалось, с участием.

— Ну что? — спросил он. — Работаете?

— Похоже, да, — процедил я сквозь зубы.

— Славненько! — с явным облегчением сказал посол. — Вот мой телефон, будут вопросы — звоните. Поможем чем сможем или чаем напоим.

Я поблагодарил и на деревянных ногах вышел из кабинета. Меня тошнило от злости и беспомощности. На Ивана Ивановича. Алексея. На самого себя.

8

П ивом не обошлось. Заказали рома, и я не без эмоций рассказал Максу, что хотел уволиться. А заодно о том, как отношусь к бизнес-стратегии нанимателей. И для чего понадобился этот прием в посольстве.

Он молча выслушал, выматерился и сказал, что поддержит меня в любом решении. И хоть он, по сути, просто охранник, у него есть принципы.

Мы допили бутыль и поехали в отель. Я лежал в темном номере и смотрел в невидимый потолок. Считал варианты. И взвешивал остатки уважения к самому себе. В жизни каждого человека приходит момент, когда надо остановить свой бег и обернуться. Вспомнить, что ты не тварь дрожащая. И посмотреть в лицо своей судьбе.

А утром написал в офис дежурное письмо, что передумал. И если руководство не против, останусь и доделаю отчет. Что-то подсказывало, что против никто не будет. Там же я написал, что, так как Алексей что-то мутит с третьей лицензией, нужно время для проверки. Потом я дернул Макса и велел готовить поездку в лес.

Он, не спрашивая зачем, кивнул и вышел. Убедившись, что он ушел, я написал по «вотсапу» два сообщения. В одном говорилось, что я согласен и назову условия при встрече. Во втором просил Алексея срочно найти время и место, где мы сможем переговорить. Наедине.

Финт ушами

Сделка с совестью — дело обычное

и обыденное иногда,

Ты голодный и гадкие вещи

совершаешь легко тогда,

Когда ангел твой, сука, в отпуске

и не светит тебе звезда,

Жмешь ты лапу, целуешь под хвост ли —

человеческого врага.

Отражение бледное в зеркале,

тошнота при виде себя —

Кто не пробовал, не кричите,

не рубите меня с плеча...

1

С Джоном мы встретились в американской пятизвездной гостинице. Единственной в Гайане. Он провел меня в люкс и, закрыв дверь, сказал, что здесь мы можем разговаривать абсолютно свободно.

— Здесь пишем только мы, — подмигнул он.

Я выставил условия: документы мне и семье в ЕС, Штаты или Канаду. Помощь в освобождении Бердовского. И сумма на мой счет с пятью нулями.

К моему удивлению, он сразу согласился. И, уточнив мой план действий в отношении Бердовского, сказал, что ему нужно несколько дней на согласование. А после дал мне телефон с чистой сим-картой и сказал, что позвонит.

Вслед за этим я поехал к Алексею. Мы сидели у него в офисе. Он внимательно меня слушал.

Я представил план. Итак, я готовлю сделку. Алексей не брыкается. Помогает информацией, в том числе по третьей лицензии. Его единственное условие: подписание должно произойти в нейтральной к России стране. Он не подпишет документы, пока не привезут отца и он не окажется в месте совершения сделки рядом с сыном. Алексей привозит английский паспорт отца. Удостоверившись, что все выполнено, дает знать, и я провожу операцию по их эвакуации. На территории под юрисдикцией США, Англии или Канады он подписывает документы по продаже компании канадцам за 70 % стоимости. И больше меня не видит. И все счастливы.

Он задумался. Я сидел молча. Старые часы беззвучно наматывали время на стрелки.

— Это самое авантюрное предложение по освобождению моего отца, из всех, которые мне предлагали, — сказал он. — Но может получиться.

Он встал, подошел к шкафу и достал два граненых стакана. И бутылку запотевшей водки из морозильника. Поставил на стол пару холодных газировок.

— У меня условие. План твой. И если все пойдет не по плану, разделишь судьбу отца. Поэтому будешь с ним рядом — ты. И я соглашусь подписать документы по продаже компании здесь в Гайане, как только подтвердишь, что он рядом. Это версия для твоих хозяев. А уже когда он будет со мной, подпишу документы канадцам. Копейкой тебя тоже отблагодарим. Если тебе в качестве награды не хватит ощущения собственного благородства. А сейчас приветствую тебя, гладиатор, идущий на смерть. Если ты согласен, мы пожмем руки и ностальгически закрепим договор водкой. Все-таки русские люди.

Я посмотрел на него, вздохнул, пожал руку и выпил.

2

Я тянул с выездом в зеленку, ожидая звонка Джона. Через неделю он пригласил меня на встречу. «Понадобилось больше времени на обсуждение нюансов, — объяснил он, — деньги и силовая поддержка в одной из стран — не проблема. А вот с документами сложнее. Вы у нас не политический. Не беглый разведчик. Придется подбирать процедуру. Рекомендую как можно скорее развестись с женой и сделать так, чтобы это не вызывало сомнений. И меньше говорите по телефону и пишите в мессенджеры. После того как сделаете

документы, она должна будет с детьми выехать по туристической визе вот в эту евро-
пейскую страну и позвонить по вот этому
телефону. По Вам будем решать позже».

Я выслушал Джона и сообщил, что Алексей требует моего присутствия на сделке.
Сам он будет ждать результата в Гайане.

— Это еще лучше, — улыбнулся мой собеседник. — Алиби тебе не понравится, мой
друг, но оно будет железным. Начинаем?

Он протянул мне сильную руку, внимательно глядя в глаза. С легким чувством об-
реченности я пожал ее.

Туз в рукаве

Таков наш путь — и чья вина?
Тебя опять зовет дорога,
Ты чувствуешь касанья Бога...
Когда находишься у дна.

1

Повод тянуть время подвернулся сам собой. Алексей был занят. А я обещал начальству подготовить отчет по третьей лицензии. Наконец пришла информация, что он готов провести экскурсию и рассказать о перспективах лицензии.

Алексей вызвался лично вести экспедицию в «зеленке». Это слегка удивило меня. И мы договорились через несколько дней встретиться в Бартике. Я дал команду Максиму готовить вылазку и сосредоточился на нюансах моей авантюры. Чем дальше, тем больше она вызывала вопросов. На которые не было ответов.

Наш отряд состоял из пяти человек: меня, Макса и трех чернокожих охранников, уже знакомых по предыдущей вылазке. Со своим нехитрым скарбом мы поместились в одной лодке. В Бартике нас уже ждал Алексей с геологом и проводником. Они разместились на второй посудине. Проводник был очень маленького роста, с дробовиком и босой. Наши чернокожие сотрудники с неодобрением смотрели на него и фыркали. Он же невозмутимо сидел на носу лодки Алексея и молчал, опустив ноги в воду и глядя вперед.

Я спросил о нем Лешу. И узнал, что он индеец. А лицензия находится на земле их племени.

— Без него мы там не протянем и пары дней, — сказал Алексей с таким видом, что поверилось: это так.

Ответ меня устроил. А фляжка с ромом закрепила веру в проводника и успех вылазки.

Когда лодки ушли с главного русла, лес обступил нас. Ширина протоки не превышала 15 метров. Лодки сбросили скорость и пару часов тихо скользили по мутным водам.

Моторы работали вполсилы. Стало слышно птиц и зверей, всплески рыб и неведомых речных обитателей. Воздух перестал освежать, и влажное марево тропиков окутало нас. Наши посудины петляли по кружеву бесчисленных проток, следуя молчаливым указаниям проводника. И наконец нырнули в совсем узкую, такую, что деревья над нами сомкнулись, а берега придвинулись почти вплотную. Вскоре мы причалили к узкому пляжу. Двигатели заглушили.

Тишина стояла такая, что слышен был гул мошкары, и, не сговариваясь, наша команда перешла на разговор вполголоса. Алексей приказал разбить лагерь. Все молча подчинились. Здесь его авторитет был значительно выше, чем в Джорджтауне.

2

На мой вопрос, почему мы не идем дальше, он ответил, что, пока нет разрешения от старейшины племени, мы не можем ступать на земли индейцев.

Маленький проводник молча растворился среди веток и лиан. Мы остались ждать.

— Через пару часов начнет темнеть, — сказал Макс, — мы тут как на ладони. А лес — в паре метров. Если ночью кто-то или что-то нас проведает, мы даже не успеем проснуться.

— Индейцы уже следят за нами, — сказал Алексей, — наш успех и безопасность зависят только от них.

Максима это, похоже, не сильно успокоило. Он зарядил дробовик и присел в тень лодки, чтобы видеть лес. Его примеру последовали охранники. Алексей пожал плечами и прилег на песок, закурив сигарету.

Проводник появился, когда смеркалось. Он неслышно подошел к Алексею и что-то сказал ему на ухо.

— Выдвигаемся завтра с рассветом, — сказал Лёша, — а сейчас разделимся на дежурства и спать. За нами присмотрят, но все-таки.

Его геолог вздохнул и начал готовиться ко сну. Я спросил, почему он так тяжко вздыхает? Ведь вроде все хорошо.

— В прошлый раз, — сказал он, — на этом самом пляже на одного нашего напала анаконда. Небольшая. Метра три. Но парню хватило. Когда мы его отбили, у него еще три дня руки тряслись.

Максим и охранники молча передвинулись от реки и начали устраиваться рядом с костром.

За световой день мы добрались до границ участка. Остановились на большой рукотворной поляне с вырубленным древесным покровом. Место было выбрано неспроста. Небольшая возвышенность позволяла хотя бы немного, но контролировать периметр. У подножия журчал ручей с прозрачной водой. Мы тем не менее воду вскипятили, а проводник напился прямо из ручья.

3

Разбили лагерь. Пока народ устраивался, Алексей пригласил меня к костру, достал карту и начал подробный рассказ. Оказалось, вышла незадача: его геологи искали золото, а нашли алмазы. Чтобы раньше времени не привлечь внимание местных дельцов и черных геологов, решили не строить большой лагерь и не приглашать других специалистов. Поэтому время сбора первичного материала для защиты прогнозных запасов растянулось, но ни одна живая душа не проведала о перспективном месторождении.

Отсутствие вооруженной охраны косвенно подтверждало легенду, что команда Алексея так ничего и не нашла. А вот теперь, когда пришло время подготовки и легализации документов, на него насели русские «предприниматели» с абсолютно нерыночным предложением. И отказаться от него он не мог.

С этими словами он достал из кармана маленький тканевый мешочек и высыпал на ладонь несколько неровных прозрачных кристаллов. Я никогда до этого не видел неграненых алмазов и особого впечатления они на меня не произвели.

— Так что будем делать с третьей лицензией? — спросил я.

— Документы к защите в части геологии готовы, — ответил Алексей. — Тебе надо будет что-то рассказать своим хозяевам. Так ты скажи, что мы только начали здесь разведку. И это подтвердят твои спутники. Когда начнем операцию по спасению отца, интерес к третьей лицензии ослабнет. А я тем временем подготовлю документы на защиту запасов, и у нас будет немного времени и туз в рукаве.

Он спрятал мешочек и стал готовиться ко сну.

4

Я тоже пошел спать. Максим попытался расспросить меня о разговоре, но я сказал, что пока ничего не ясно. Не видно ни перспектив, ни активности. Макс согласился. На этом день закончился.

Потом была еще пара дней в джунглях. Мы честно прошли все границы лицензионного соглашения. Алексей и его геолог с умным видом показывали какие-то камни и рассказывали, о чем эти породы могут свидетельствовать. Потом был долгий путь в Джорджтаун. Когда я формально отписал работодателям о том, что увидел, а вернее, что ничего интересного не увидел, то внутренне улыбнулся, уверенный, что отчет Максима точно не будет отличаться от моего. А в том, что Максима заставляют отчитываться, чтобы перепроверить меня, не сомневался.

Турецкий гамбит

Когда вокруг горит, когда кругом беда,
Идет на дно корабль без шансов и следа,
И тонут моряки, надежды и мечты,
И остаешься ты с собою, только ты...
Нет смысла горевать и злую клясть судьбу,
Борись, греби, беги — скажи себе: «Могу!»...

1

Для сделки россияне выбрали Турцию. Это устроило моих новых партнеров из Северной Америки. Встреча должна была пройти в одном из пятизвездных отелей Стамбула.

Точную дату назначать не стали, так как схема освобождения Павла Алексеевича явно была мутной и не совсем легальной. Судя по официальной информации, обвинения с него не сняли. И значит, собирались в обход законов и правил достать из тюрьмы и доставить в Турцию. Я не мог предположить, каким именно образом. Но и не хотел об этом знать.

Мы коротали время в Гайане. Максим пару раз мотался в джунгли — вывозил добытое золото с нашего прииска. Отвозил взятки полицейским и проверял порядок в лагере.

Я осуществлял общее руководство, тайком встречаясь с Джоном и ведя мучительные переговоры с женой. Она, костеря меня на чем свет стоит, собиралась в вынужденное бегство. Кричала, что ненавидит меня. Плакала в трубку. Иногда не брала телефон. А я все твердил мантру, что это единственный вариант. И он нам всем на пользу. Хотя сам был в этом все меньше уверен. Жена сначала пыталась продать, что можно. Потом плюнула и просто раздала скарб людям. Знакомым и незнакомым. Нуждающимся и не очень. Коробки с самыми памятными вещами упаковала и вывезла к старым друзьям. Квартиру продала и получила документы о разводе.

2

Мы были готовы. Всё и все замерли в ожидании. Я, моя жена, Алексей, Джон… Время стало похоже на товарный поезд. Тянется мимо тебя вагон за вагоном, гремя одинаковыми ржавыми колесами. А ты стоишь на переезде. И кажется, что состав никогда не закончится.

А потом меня дернули в посольство и дали телефон. Иван Иванович бодрым голосом спросил, как дела, не завел ли я себе еще одну, но уже разноцветную семью. Хохотнув собственной шутке, он сказал, что через неделю, в пятницу, я должен быть в Турции. Я оставил Максу инструкции, что делать, пока меня не будет. А вернее, что точно делать не надо. Попросил присматривать за Алексеем и его лагерем и постараться не вляпаться в какую-нибудь историю. Надел цивильную одежду. Сел в самолет. Закрыл глаза и помолился всем известным богам, чтобы дали шанс выпутаться из этой передряги живым.

3

Стамбул обнял веселым деловым шумом, надсадным разноголосым гудением автомобильных пробок, толпами спешащих людей, ароматами сотен ресторанчиков и вонью канализации.

Отель был роскошный, с видом на Босфор. Когда я регистрировался, подошел молодой человек спортивного сложения, представился: «От Иван Иваныча» — и предложил зайти к нему.

Номер был большой, двухкомнатный. Алексей — так представился незнакомец — сообщил мне время, когда нужно прийти и когда Павел Алексеевич будет здесь.

Я ни о чем не спрашивал. Собеседника это устроило. Мне выдали телефон для прямой связи с Иваном Ивановичем. Я сделал дежурный звонок, подтвердив, что все готово. И уточнил, в Гайане ли представитель покупателя. Иван Иванович сказал, что это уже не мой вопрос. С Алексеем работают.

Я внутренне перекрестился, так как в будущем при разборе полетов кто-нибудь будет точно интересоваться глубиной моей вовлеченности в организацию этого дела. Раскланявшись, я вышел. Пойду, мол, промочу горло. По дороге в бар зашел в общественный туалет и отправил короткое сообщение Джону: номер комнаты и время встречи. Разобрал телефон. Выкинул в унитаз и смыл сим-карту. Остальное, замотав в мокрое бумажное полотенце, сунул на самое дно мусорной корзины.

Джон предупреждал: меня, возможно, будут писать в номере, а после завершения нашего плана и независимо от его результата — обыскивать и опрашивать.

На вопрос, как его найти, сказал, что свяжется сам.

4

Я понимал, что доверяю свою судьбу совершенно незнакомым людям, но за эти дни ожидания так устал, что единственное, о чем думал, так это о том, чтобы все скорей закончилось.

Попытке выспаться не помогли ни двести граммов виски, ни турецкие сериалы по телевизору. Мысли бродили по кривым тропинкам размышлений о судьбе моей семьи. О судьбах богатых и не очень россиян, оставшихся на родине. И медленно перемалываемых в мясорубке спецслужб и пропаганды. О том, что такое хорошо и что такое плохо в сегодняшних реалиях. Я лежал и смотрел в потолок до тех пор, пока не рухнул во тьму без снов и облегчения.

Утро было серым, как настроение. Увидев свое отражение в зеркале, я вспомнил присказку, что иногда мы выглядим так, как себя чувствуем. Завтрак показался пресным. Как и первая сигарета. В положенное время я постучал в знакомый мне номер и вошел. Встретили два молодых крепких парня. С одним я общался вчера. Мне указали на кресло, где я и устроился, ожидая развязки.

Где-то через полчаса в дверь постучали. Когда ее открыли, на пороге возникли три человека. Двое, ну прямо как из инкубатора, были похожи на моих соседей по номеру. А вот третий был высок, стар и худ.

Одежда на нем висела, что показывало, сколько размеров он потерял на казенных харчах. И только внимательный и пронзительный взгляд выдавал в нем основателя золотой империи. Передо мной был Бердовский Павел Алексеевич. Я поздоровался, он кивнул, хмуро глядя на меня и, очевидно, подозревая, что я участник банды, которая бессовестно грабила его и его семью.

Я набрал Ивана Ивановича и спросил, что дальше. Тот ответил, что его люди и Алексей проверяют сейчас с юристами документы на переуступку компании, и мне позвонят, когда они будут готовы. От меня требуется только сделать видеозвонок Алексею и подтвердить, что его отец со мной. А после подписания — забрать у сопровождающих Бердовского его документы, отвезти старика, куда скажет Алексей, и передать доверенным людям семьи.

Я положил трубку и подсел к Бердовскому. Представился и как можно четче обрисовал свою роль во всем этом спектакле и то, что я здесь исключительно по просьбе Алексея. Рассказал согласованные и предстоящие этапы переговорного процесса. Тот слегка оттаял и оживился, начал расспрашивать про Алексея и Гайану. Наши сопровождающие исподлобья смотрели на нас, демонстративно положив паспорт Бердовского на журнальный стол. Они что-то делали в своих телефонах, но разговор не прерывали. Я как мог коротко рассказал про наши с Алексеем встречи и вылазки в джунгли. А потом поинтересовался, как же получилось вызволить его из СИЗО.

— Через формальное подписание соглашения с ЧВК «Вагнер» и помилование президента, — кисло улыбнулся Бердовский, — думаю, многие воспользовались такой возможностью. Из тех, кто смог договориться вот с этими.

И он кивнул на наших спутников. Все стало ясно. Повисла тишина, прерываемая лишь звуками из телефонов да бормотанием телевизора.

5

Когда мой телефон зазвонил, я даже вздрогнул от неожиданности. Это был Алексей. Я включил громкую связь, подчиняясь жесту сопровождающих Павла Алексеевича. Алексей сухо поздоровался и, сказав, что все принципиальные моменты проговорены и впереди только подписание, попросил включить видео и передать телефон отцу. Я выполнил просьбу. Минуту Алексей и его отец молча смотрели друг на друга.

— Ни за что не переживай, все будет хорошо, — сказал Алексей и, помолчав несколько секунд, закончил звонок.

Бердовский молча передал мне телефон. В дверь позвонили. Один из сопровождающих подошел и, услышав «обслуживание», открыл. Дальнейшее было очень странным и похожим на плохой сон. Открывший дверь охнул и спиной к нам полетел от двери в комнату. В проем молча втекло несколько человек. Я инстинктивно вскочил. Один из нежданных гостей поднял руку. Я ощутил удар в грудь, и страшная боль скрутила меня и отшвырнула во тьму, где была тишина и облегчение...

Кто-то тряс меня и что-то кричал. Слова доносились как из подвала — гулкие и непонятные. Все тело болело, будто меня сбил грузовик. Я постарался открыть глаза, пытаясь понять, где я и что происходит. Глаза открылись, но все было расплывчато, что-то липкое их заливало и мешало смотреть. Я приподнялся на локте. Нападавших, Бердовского и двух его сопровождающих не было. Парень, открывший дверь, сидел на полу в коридоре и, матерясь, тер себе грудь. Второй протягивал мне мокрое полотенце.

— Живой?

Я ошалело смотрел то на них, то на полотенце, которым протер лицо. Полотенце было в крови.

— Не переживай: когда тебя рубанули, ты упал на журнальный стол и разбил голову. Жить будешь. Просто бровь рассекло, — деловито сказал парень.

— Они забрали Бердовского. Пытаемся их найти. Полицию не вызывай и сиди в но-

мере — с тобой свяжутся. До номера дой-
дешь?

Я молча кивнул. Со вздохом поднялся.
И, морщась от боли, побрел в свой номер.

И снова бой

Я чувствую себя статистом — это глупо.
Уходит из-под ног моих земля,
И выбьет жизнь скамейку очень грубо,
Уже затянута под кадыком петля.
Кто ты, тюремщик мой, палач, гонец Финала?
Как мало стоит жизнь в твоих руках!
...Но музыка пока не доиграла,
Дышал и я, на риск свой и на страх...

1

Дойдя до номера, я рухнул на постель. Мысли мелькали в голове, проносились и исчезали. Без следа. Как бурная горная река, несущая мимо осенние листья и хлопья пены.

Я думал о жене и детях. О Бердовском. О себе. Думал, что, похоже, все получилось, но как же теперь разрубить этот узел?

В дверь постучали. Я подошел. Спросил: «Кто?». В ответ услышал: «Свои. Не обслуживание».

Открыл. Зашел парень, который мне дал полотенце. Окинув меня внимательным взглядом, спросил, есть ли выпить. Я молча кивнул на бар, где жила дежурная бутылка вискаря. Он плеснул в два стакана. Один протянул мне. Я взял и присел на кровать. Он почти упал в кресло. Мы молча выпили по глотку. Виски обожгло горло ароматом дуба и торфа.

— Неплохо, — сказал гость. — Иван — мое имя. Они ушли. Мы подключили всех, кого смогли. Но похоже на четко спланированную операцию. Мне сказали забрать у тебя пока паспорт. Поживешь здесь пару дней. С тобой свяжутся. Если вопросов не будет, отдам паспорт. Вот мой номер телефона, если что. Вопросы есть?

Я мотнул головой. Иван в один глоток все допил, взял паспорт и, не проронив ни слова, вышел.

Два дня тянулись, как неделя. Никто не звонил. Я тоже. Заказывал раз в день еду, смотрел телевизор. Наконец позвонил Иван Иванович. Сухо поздоровавшись, отдал команду:

— Паспорт на ресепшен. Выписывайся и завтра вылетай в Гайану.

— Не хочу, — ответил я. — Мне не нравятся условия работы.

— А мне по хрену, что тебе нравится. Ты в глубокой жопе. Я тоже. Пациент слинял. Алексей не подписал документы и улетел черт знает куда. Мои боссы недовольны. Мягко говоря... Я завтра тоже лечу в Гайану. Там увидимся. И кстати, чтобы ты меньше думал — твой недоумок хохол тебя ждет. В подвале.

И отключился.

На душе было погано. Сигареты и виски не помогали. Попытки дозвониться до Максима ни к чему не привели. Из-за меня мог пострадать человек. Мой человек. На мою судьбу мне уже было плевать. Все получилось. Бердовского спасли. Жена с детьми успела выехать. Пора было заканчивать этот спектакль. Я открыл лэптоп и купил билет. На ближайший рейс.

2

Риши встретил меня и повез в гостиницу. На вопросы ответил, что Максим поехал на встречу в Джорджтауне и уже несколько дней не выходит на связь.

Едва я переступил порог номера, раздался звонок. Звонил помощник посла. Пригласил в посольство. Завтра, в обед, к двум часам. Я обещал быть. И стал внутренне готовиться к встрече.

На следующий день в кабинете посла меня представили тучному мужчине в возрасте. Он курил сигару у окна, не обращая внимания на то, что посол отмахивается от дыма. В черном не по погоде костюме. От него веяло смертью и пылью.

— Ну вот и свиделись, — не оборачиваясь сказал он, задумчиво глядя в окно. — И чья это была идея? Твоя или Алексея?

Я присел к столу, хотя мне никто не предлагал.

— Точно не моя, — ответил я как можно более грустно.

— Вы не оставите нас? — спросил Иван Иванович посла.

Тот чуть ли не радостно кивнул и вышел из комнаты.

— Меня терзают смутные сомнения, — продолжил мой собеседник, — так все четко организовано... А ты еще и развестись успел. И жена куда-то уехала. При этом ни контактов, ни переписки — вроде только работал и бухал. Макс все подтверждает... На счетах ничего не добавилось... А вот сомнения терзают. Меня предупреждали: ты профессионал и на ходу можешь организовывать очень творческие пируэты. Мое чувство старого разведчика говорит, нет — кричит, что тебя надо бы пытать и прикопать. Потом откопать, допросить и прикопать снова. Что думаешь?

Он повернулся ко мне.

— Ничего я не думаю. Я устал от вашей работы. Отпустите Макса. Мы ни в чем не виноваты. Как смогли, так и отработали.

— Подожди, не торопись. Как ты думаешь, зачем я прилетел? Только на тебя посмотреть? Я бы по тебе и из Москвы команду мог дать. Да вот только прежде, чем отклю-

чить телефон и слинять, Алексей отправил
сообщение Максиму для меня. И тебя.

Я удивленно смотрел на говорившего.
Приключенческий роман сначала превратился в детектив и вот, похоже, становился
фильмом ужасов.

Алексей? Оставил информацию Максиму? Для меня и куратора всех его семейных
проблем? Да что, черт возьми, происходит?

— Заинтригован? Вот и я тоже, — задумчиво сказал Иван Иванович. — По словам
Максима, надо всем сегодня здесь собрать-
ся и увидеться с человеком, который все
нам объяснит. Это должно быть в два часа
дня. Сейчас без пяти. И скоро мы всё уви-
дим и услышим. А потом решим твою судьбу. Твою и твоего помощника.

3

Он отвернулся к окну. Я в сердцах
плюнул, достал сигареты и, встав
рядом, закурил. Размышляя, не по-
следняя ли это сигарета в моей жизни.

Ровно через пять минут зашел посол и сказал, что на охране к нему просится на прием местный адвокат. Иван Иванович молча кивнул. Зашел смуглый человек в костюме, явно с индийскими корнями. Вежливо поздоровался и сообщил, что он представляет интересы Алексея. Не дождавшись ответа, он спокойно достал из сумки конверт и знакомый мне мешочек. На секунду задумавшись, адвокат протянул письмо послу. Тот отрицательно покачал головой, и Иван Иванович, матерясь сквозь зубы, взял конверт. Распечатал. Прочел. Посмотрел на меня. Прочел еще раз.

Протянув мне лист, он развязал мешочек и с негромким стуком высыпал на стол алмазы. Они раскатились по зеленой коже посольского стола. В полной тишине я читал.

«Уважаемые господа!

Раз вы читаете это письмо, мой замысел удался. И мой отец на свободе. Вы отняли все, чем мы владели в России, вы запятнали честное имя нашей семьи. Вы захотели забрать вообще все. Я не могу вам позволить этого. Про золотые лицензии можете забыть, они уже переоформ-

лены. Но, как человек, который не может позволить страдать невинным людям, я отдам вам то, что компенсирует любые хлопоты. Я отдаю вам третью лицензию. Мой адвокат переоформит все бумаги на любого вашего человека или структуру. На территории этой лицензии перспективное алмазное месторождение. Оно позволит вам не только погреть руки, но и не потерять позиции России в Гайане. Что бы вы ни думали про мою семью, мой отец всегда переживал за государственные интересы. Подтверждающие запасы геологические документы — у адвоката. Мне никто не помогал и не был в курсе моего замысла. Надеюсь, мы никогда не увидимся.

Искренне ваш,

Алексей»

4

Я и Максим сидели в маленьком баре в центре Гайаны. Гостиницу пришлось поменять на более дешевую, так как спустя два дня после прочтения письма мы были уволены. Но, несмотря на многочисленные синяки моего коллеги, пластиковые стулья и разноцветную публику, настроение было хорошим.

Утром меня нашел Джон. И как он узнал, куда я съехал? Но я уже ничему не удивлялся. Он дал мне телефон и сказал, что завтра зайдет снова, чтобы обсудить детали.

Я открыл контакты в телефоне и нашел два номера. Один значился как *Алексей*, второй — лаконично — *Жена*.

Позвонив на этот номер, я с восторгом услышал родной голос. Она была в Европе и очень довольна. Я специально не стал спрашивать, где она и дети, пока не покинул благословенный болотистый край.

Мои партнеры выполнили все обязательства. Мы проговорили, наверное, больше двух часов. И вот теперь, попивая ром, я предвкушал скорую встречу.

Макс с надеждой спрашивал, есть ли у меня идеи, куда ему или нам можно будет устроиться на работу. Я что-то отвечал невпопад. Курил. И, улыбаясь, рассматривал фотографии местной живности, на которую Макс успел поохотиться.

Зазвонил старый рабочий телефон. На экране абонент определился как Иван Иванович.

— Ответишь? — спросил Максим, сжав кулаки.

Видно, знакомство с Ивановичем оставило неизгладимый след и яркие воспоминания. Я ответил.

— Ну что, скучаешь по мне? — раздался знакомый голос.

— Да как-то нет еще, — твердо ответил я. — Вам что-то нужно? Отчет по командировке не устроил? Или Вас уволили?

— Не дождешься, шутник. Работа есть. Ты же у нас, оказывается, ко всему еще и специалист по алмазам. Может слышал: у нас тут на днях разбился самолет с одним ярким человеком, который много раз говорил о России, но в глубине души любил Африку? Так вот, сейчас в ЦАР все начинают делить наследство, и нам надо понять: что стоящее, а что фуфло. И там как раз много алмазов. Нам нужен человек из отрасли, но не связанный с действующими бизнес-группами. Специалист из ниоткуда. На зарплату ты уже не клюнешь. Но мы готовы тебя взять на работу под о-о-очень маленький процент от стоимости активов, которые ты для нас оценишь. Поступила команда все стоящее по тихой забрать. Экономистов, геологов и охрану обеспечим. Ответить надо сейчас.

— Сколько стоят активы?

— Навскидку сильно больше ста миллионов вечнозеленых.

— Я в деле, но только команду соберу сам.

И сбросил звонок. Подумал и написал Джону: «Центральная Африканская Республика — это интересно?»

Ответ пришел сразу: «Очень!»

Мы сидели с Максом под звездным небом. Тихо гудел вентилятор. Ароматный дымок сигар вился над нашим столом и улетал к холодным далеким светилам. Тропическая музыка обнимала танцующие шоколадные пары. Уверенность и пьянящее чувство победы наполняли до краев.

Где-то меня с моим напарником ждали или победа, или смерть.

Пусть подождут. Это будет завтра. А сегодня выпьем за удачу. Я поднял бокал.

Оглавление